「なにも怖くない。私の望みなのだから、
美晴が恥じる必要もない。
私を受け入れられるなら、自分で脚を開くんだ。
それだけで、いい。……できるだろう?」
熱くて甘い声に操られて美晴は小さく顎を引き、
閉じていた膝をおずおずと開いた。
はしたなく濡らしてしまったそこを
言われるままに晒し、差し出す。
「いい子だ」
英国紳士の華麗なる日常

英国紳士の華麗なる日常

羽鳥有紀

14670

角川ルビー文庫

英国紳士の華麗なる日常

CONTENTS

口絵・本文イラスト／水名瀬雅良

1

ロンドンにある、貴族の邸宅《ていたく》を改装した美術館ガードナー・コレクション。

その日、天野美晴《あまのみはる》がここを訪《おとず》れたのには二つの目的があった。

一つは中庭を見下ろす回廊《かいろう》だ。この美術館の中庭の美しさは必見だと、亡《な》くなった母がかつて絶賛していたのだ。特に東の回廊からの眺《なが》めに感動したらしく、折に触《ふ》れては「本当に素敵《すてき》だったのよ」と幸せそうに目を細めていたことを、今でも鮮明《せんめい》に覚えている。

母をあんなにも華《はな》やいだ笑顔《えがお》にした景色《けしき》とは、いったいどんなものだろう。自分の目で確かめたいと幼い頃《ころ》から思っており、今やっとその機会を得たのだが、

「――え。これ、もしかして」

迷った？　と美晴は薄暗《うすぐら》い照明の下で立ち止まった。

恐《おそ》る恐るの呟《つぶや》きは、高い天井《てんじょう》や廊下《ろうか》の薄闇《うすやみ》にあっという間に吸い込まれていく。

いくら歩いても目当ての回廊は見つからず、迷路《めいろ》のような廊下が続いていた。せめて中庭だけでも見ることができないかと窓を探してみたものの、左右の壁《かべ》は絵画やタペストリーを飾《かざ》るためにあるらしく、窓は存在していなかった。

「あの、誰かいませんか？」

少し待ったが返事はない。周囲を見回してみても案内表示や館内図、現在の位置を示すよう

なものは見つからず、自分が館内のどこにいるのか、まったく摑《つか》めない状況《じようきよう》だった。簡単な館内図の載《の》ったパンフレットを見ても現在地がわからないということは、この辺りは一般《いつぱん》公開されていない立ち入り禁止区域なのかもしれない。

「どうしよう……」

もしそうなら、こんな所をうろうろしているのをスタッフや警備員に見つかったら大変なことになる。

現在この美術館は、設立以来最高レベルの警戒《けいかい》態勢にあるのだ。数年前に突然《とつぜん》現れ、世界を騒《さわ》がせている人物——怪盗《かいとう》ホーク・アイから予告状が届いたからである。

ホーク・アイは博物館クラスのアンティーク・ジュエリーばかりをターゲットとする泥棒《どろぼう》だ。男だということ以外は正体不明のその泥棒は、古式ゆかしい『怪盗』と呼ぶに相応《ふさわ》しく、ターゲットや犯行日時を明記した予告状を必ず所有者に送りつける。そして厳重な警備の網《あみ》の目をいとも容易《たやす》く搔《か》い潜《くぐ》り、ターゲットを盗《ぬす》み出して魔法《まほう》のように消えるのだ。

予告状に必ず鷹《たか》の目をモチーフにした印章が押されていることから、マスコミは勝手にその泥棒を『ホーク・アイ』と名づけ、まるでヒーローのように扱《あつか》っている。そのせいもあって彼の鮮《あざ》やかな手並みは各国の警察をキリキリさせる一方で世間を熱狂《ねつきよう》させていた。

人を傷つけない。建築物を必要以上に壊《こわ》さない。彼が盗むのは多額の保険を掛《か》けられた最高級のアンティーク・ジュエリーばかりなので、保険会社は臍《ほぞ》を嚙《か》むだろうが誰の懐《ふところ》も痛まない。平穏《へいおん》な日常に暮らす人々にとって、彼の起こす数々の事件は痛快なエンターテインメントそのものだ。スクープを狙《ねら》う各メディアはこぞって彼を追いかけている。

そのホーク・アイの今回のターゲットが、ここガードナー・コレクション所蔵のギメル・リング『王の指輪』だ。『王の指輪』は十六世紀にとある小国の王家が作らせたもので、金細工とエナメルの華やかな台座にダイヤモンドとサファイアをセットしたゴールドリングである。

美晴の二つ目の目的は、その『王の指輪』を見ることだった。

しかしホーク・アイのターゲットに興味を持つ人間は予想以上に多く、マスコミや野次馬《やじうま》が美術館に押し寄せて、本館の右翼《うよく》中央にある『王の指輪』の展示室、二十四室は溢《あふ》れんばかりの混雑ぶりだ。

そのため美晴は先に、訪れた目的の一つである中庭を見に行くことにしたのだが——。

「同じとこ、ぐるぐる回っているのかな」

数メートル先の曲がり角にある騎士《きし》像を見るのは、これで五回目だ。

美術館で遭難《そうなん》するなどあり得ないと思うけれど、こう出口が見つからないとさすがに不安になってくる。美晴は常に首から下げている母の形見を無意識に手で探《さぐ》り、シャツの上から握《にぎ》り締《し》めた。

もうどのくらい、こうして歩き回っているのだろう。

「入館したの、確か三時前だったから……」

なにげなく腕時計《うでどけい》に目を落とし、美晴は息を飲み込んだ。

——四時半!?

「今こんな所にいたらまずいって……！」

今日はホーク・アイの犯行予告の当日なのだ。予告時刻は閉館時刻の午後五時、つまり三十分後だ。そんな時間に立ち入り禁止区域かもしれない場所にいるなんて、もし警備員に見つかったら怪《あや》しまれるのは確実だ。最悪の場合、泥棒と間違《まちが》われて拘束《こうそく》されるかもしれない。

「早く展示室へ行こう」

美晴はそう呟いて駆《か》け出した。絨毯《じゅうたん》の厚みに躓《つまず》きそうになりながら廊下を走り、階段を駆け上る。面倒《めんどう》を避《さ》けるためにも、誰にも見つからないうちにここを抜《ぬ》け出したい。しかし、

「あ…っ」

美晴は思わず足を止めた。角を曲がった数メートル先で突然、音もなくドアが開いたのだ。

こんな所にドアがあったなんて、何度か通ったはずなのに気がつかなかった。

助けを求めるか、隠《かく》れるか。判断に迷って立ち竦《すく》んだとき、扉《とびら》の向こうから現れた男性と美晴の視線が結ばれた。

見上げるほど背の高い男性だった。年齢《ねんれい》は二十代半ばくらいだろうか。アッシュブロンドの髪《かみ》の下で形のいい眉《まゆ》が顰《ひそ》められ、ブルーグレイの凍《こお》るような瞳《ひとみ》が鋭《するど》さを増して美晴を射る。

「ち、違《ちが》いますっ、泥棒じゃない！」

美晴は叫《さけ》び、勢い良く両手と首を左右に振《ふ》った。彼はまだなにも言っていないが、表情や雰《ふん》囲気《いき》から誤解されているのは明らかだ。

「『王の指輪』と中庭を見に来ただけなんです！　展示室は人で一杯《いっぱい》で、だから中庭を先に見

ようと思って、それで母さんが東の回廊から見る中庭は美術品より見る価値があるって言ってたからその回廊を探してて。そうしたら、いつの間にかこんな所にいて……っ」

相手はアングロサクソン特有の冷たい美貌《びぼう》の持ち主で、どこから見ても西欧人《せいおうじん》だ。しかし美晴は動揺《どうよう》のあまり、自分が日本語で捲《まく》し立てていることにまったく気づいていなかった。

「迷っただけで、本当に泥棒なんかじゃありません！　でも、ここが立ち入り禁止区域だったなら、勝手に入ってすみませんでした。それで、あの……。ここ、どこですか？」

「……」

そう美晴が尋《たず》ねても、彼が口を開く気配はなかった。知的で端整《たんせい》な顔立ちに表情はなく、目に静かな圧力を込めてじっと美晴を見下ろしている。スーツを上品に着こなした姿は警備員にも警官にも見えないから、この美術館のスタッフなのかもしれない。黙《だま》っているのは、美晴のことを警察に突《つ》きだすべきか思案しているからだろうか。

重苦しい静寂《せいじゃく》の中、美晴は胸元《むなもと》にある形見を固く握り締め、彼の反応を待った。身が竦むような視線を受け止めるのは辛《つら》かったが、ここで目を逸《そ》らしたら怪しまれるのは確実だ。

「……つまり、君は迷子？」

――日本語……？

どこから見ても西欧人の彼の口から流暢《りゅうちょう》な日本語が出てきたことには驚《おどろ》いたが、そこでやっと自分が日本語を使っていたことに気がついた。けれどそれで言葉が通じることがわかり、彼の目許《めもと》がほんの少し和《やわ》らいだので、美晴は心底ほっとした。

どうやら疑いは晴れたようだ。

十六歳の美晴としては迷子という表現は引っかかったが、今は素直《すなお》に「はい」と頷《うなず》いておいた。日本人は海外では実際の年齢よりも幼く見られるというから、もしかしたら彼の目には自分も高校生には見えていないのかもしれない。そんなことを考えていたら、

『まさか迷子に遭遇《そうぐう》するとは思わなかったな。思っていたより警備が甘いのか？』

彼の英語での呟きを、美晴は聞き逃《のが》してしまった。

「え、あの……？」

「まぁいい。……今回は見逃すが、今後は気をつけることだ。この辺りは一般の立ち入りを禁止している区域だし、知っているとは思うが、今日は特別な事情がある。君を見つけたのが私でなければ警察に突き出されているところだ」

「はい。すみませんでした」

本当に不注意だった。見つかったのが日本語のわかる人だったから良かったが、そうでなければ問答無用で留置場行きだったかもしれない。深々と頭を下げると、頭上で硬質《こうしつ》な彼の気配が微《かす》かに解《ほど》けた。

「仕事中だが、迷子を放りだすわけにはいかないか……」

そう彼は独りごち、美晴と目を合わせてきた。

「中庭は今、警備の人間が詰《つ》めていてね。美観が損《そこ》なわれているから公開していないんだが、それでも良ければ東の回廊《かいろう》経由で『王の指輪』の展示室まで案内しよう」

「え、本当ですか？」

思いがけない申し出に、美晴は目を輝《かがや》かせた。

「ありがとうございます。お願いします」

「どういたしまして。――閉館まであと二十五分だ、少し急ごう」

こっちだ、と先に立った彼は散々美晴を苦しめた廊下を、自宅を案内するかのように確かな足取りで進んでいく。よく迷わないものだと感心しながら後について歩くうちに、美晴にも次第《しだい》に周囲を見渡《みわた》す心の余裕《よゆう》が生まれ始めた。

出口のない迷路《めいろ》のようだった館内が普通《ふつう》の建物に見えるようになり、廊下の片側に窓が現れた頃《ころ》には、そこに掛けられた豪奢《ごうしゃ》なカーテンやずらりと並んだ陶磁器《とうじき》のギャラリー、天井《てんじょう》や壁《へき》面《めん》に施《ほどこ》された数々の華麗《かれい》な装飾《そうしょく》などに目を向けるゆとりが出てきた。

「凄《すご》い……。建物自体が美術品みたいですね」

溜息《ためいき》のように感想を漏《も》らすと、口元だけで微笑《ほほえ》んで彼が美晴を振り返った。

「『王の指輪』を見に来たと言っていたが、館内にある他《ほか》の何よりも中庭を見ようとして迷子になるくらいなら、君はここに展示されている美術品にというよりも、ホーク・アイのターゲットに興味があるんだろう」

「はい。……あ、ごめんなさい」

うっかり即答《そくとう》してしまい、美晴は慌《あわ》てて謝った。美術館スタッフなら、そんな理由で美術品に興味を持たれたくはないだろう。けれど彼は気にした風もなく肩《かた》を竦めただけだった。

「謝ることはないさ、今はそんな客ばかりだ。『王の指輪』を餌《えさ》にして、ガードナー自身がそういった客を集めている。そんなことをして怪我人《けがにん》がでたらどうするつもりなのか」

淡々《たんたん》とした声音《こわね》が一瞬《いっしゅん》、背筋の震《ふる》えるような軽蔑《けいべつ》の響《ひび》きを帯びたような気がした。その言葉も、一スタッフがオーナーに向けるには手厳しい意見のように聞こえたが、

「…そう、ですね」

彼の懸念《けねん》はもっともなことなので、美晴はこくりと頷いた。

この美術館は骨董商《こっとうしょう》ガードナーズが経営しており、オーナーのガードナー氏が収集《しゅうしゅう》したアンティーク・ジュエリーをメインに質の高い古美術品を展示している。『王の指輪』もガードナー氏の大切なコレクションのひとつだ。

普通なら犯行予告の当日ともなれば、ターゲットである『王の指輪』を守るために厳重な警備態勢が敷《し》かれ、部外者の美術館への立ち入りや見学は禁止となるはずだ。だから美晴は今日、半ば入館を諦《あきら》めながらこの美術館へやってきた。

ところがロンドン警視庁の警官やマスコミ、野次馬などの群集にぐるりと取り囲まれた騒然《そうぜん》とした空気の中、『王の指輪』を集客の宣伝材料にしてガードナー・コレクションはいつも通り開館していたのだ。

美術館の前には長蛇《ちょうだ》の列ができ、マスコミ関係者は除外とはいえ、警備員によるボディチェックを受ければ誰でも入館できてしまう。その上、予告状が届いた翌日から入館料は平常時の三割増しになっていて、閉館時間も、通常の日曜は四時のところを今日だけは犯行予告時刻の

五時まで引き延《の》ばしている。

無料の美術館が多いロンドンにあって随分《ずいぶん》と露骨《ろこつ》なやり方だが、それでもホーク・アイのターゲットを一目見ようと連日人が詰めかけているのだから、宣伝効果は抜群《ばつぐん》のようだ。

「ホーク・アイのターゲットを見に来たのなら、あれにまつわるエピソードはもう知っているかな」

声のトーンを元に戻《もど》して彼はさらりと話題を変えた。気品のある、貴族的な雰囲気の漂《ただよ》うその横顔を、美晴は小首を傾《かし》げながら見上げる。

「エピソードって『王の指輪』の、ですか？」

「ああ。あの指輪には、いかにもアンティーク・ジュエリーらしい伝説があるんだ」

そういえば、と美晴は記憶《きおく》を探《さぐ》った。

ニュース番組でそんな話を流していたような気がする。けれどそのとき、美晴の目と意識は『王の指輪』そのものに釘付《くぎづ》けになっていて、指輪にまつわる伝説や来歴、その他の学術的な説明は右から左へ聞き流していた。

ちゃんと聞いておけばよかったと、美晴は密《ひそ》かに後悔《こうかい》した。これでは本当にホーク・アイのターゲットにしか興味のない野次馬《やじうま》のようだ。

「俺、『王の指輪』は十六世紀に作られたっていうことくらいしか知らないんです。よかったら教えていただけますか？」

恥《はじ》をしのんで頼《たの》んでみると、彼は呆《あき》れも軽蔑もせず「もちろん」と承諾《しょうだく》してくれた。

「あの指輪は十六世紀――おそらく一五二〇年から三〇年代のもので、当時ヨーロッパに存在した小国で作られたものなんだ」

とある小国の王子がお忍《しの》びで町へ下りたとき、美しい花売り娘《むすめ》に心を奪《うば》われたのが指輪の持つ物語りの始まりだった。

娘は美しいだけでなく、優《やさ》しく賢《かしこ》く働き者で、王子は娘に会うたびに恋心《こいごころ》を募《つの》らせてゆき、やがて娘を妻にと望むようになった。それは身分違《ちが》いの恋《こい》だったが、幾《いく》つもの障壁《しょうへき》を乗り越《こ》えて、ついに王子は娘を妃《きさき》として迎《むか》えることに成功した。

そのとき自分の愛情が真実であることの証《あかし》として、王子は娘に指輪を贈《おく》った。見事なサファイアとダイヤモンドを並べて飾《かざ》った、精巧《せいこう》な金細工のギメル・リングだ。

ギメル・リングは、一見すると一つの指輪だが、実は二つの輪が巧妙《こうみょう》に組み合わされて一対《いっつい》の指輪となっているものだ。当時は婚約《こんやく》指輪や結婚《けっこん》指輪として贈られていたもので、二つの石、二つの環《わ》が重なることで、生涯《しょうがい》を誓《ちか》った二人が人生と幸福を共有することを表しているのだという。

『王子が娘に贈ったものには、二つに開くと環の内側に『神の結びたまいしもの、人解くにあらず』という文言が刻まれていたらしい」

「へぇ……」

そして二人は仲睦《なかむつ》まじく暮らし、やがて王子は国王となった。そのとき、王妃《おうひ》となったかつての花売りの娘は夫の即位《そくい》を祝い、自分が貰《もら》ったものとそっくりのギメル・リングを王に贈ったのだ。この先も変わらぬ愛情を捧《ささ》げ、生涯夫である王を支えていく――そう誓いを立てて。結婚式で使うはずのギメル・リングを贈り物として選んだのは、国を守るための覚悟《かくご》や重責も共にするという王妃なりの決意の表れだったのかもしれない。

二人は指輪にかけた誓いの通り、互《たが》いを思いやり慈《いつく》しみあって天寿《てんじゅ》を全《まっと》うしたという。

「二つのギメル・リングはそっくりで、違うのは大きさと贈られた時期だけだ。だから区別するために、王子が花売り娘を妃として迎えたときに贈ったものには『花嫁《はなよめ》の指輪』、妃となったかつての花売り娘が夫の即位を祝って贈ったものを『王の指輪』と、それぞれ名前がついている。だが、その呼称《こしょう》は広くは知られず、数百年の間、これらは二つで一つのものとして『ロイヤル・ロマンス』と呼ばれてきたんだ」

「そうなんだ……。俺、指輪の名前もエピソードも、全然知りませんでした。なんだか本当にお伽話《とぎばなし》みたいですね」

美晴は感心して隣《となり》を歩く彼を見上げた。さすがに美術館スタッフともなると知識が豊富だ。学術的な説明ではなく逸話《いつわ》を披露《ひろう》したのは、美晴のレベルに合わせてくれたからだろう。仕事中だというのに美晴を目的地まで案内してくれていることからも、親切な人柄《ひとがら》が窺《うかが》えた。

「この話にはまだ続きがあってね」

「続き？」

「ああ。エピソードのせいか名前のせいか、受け継《つ》がれてきた中で『ロイヤル・ロマンス』には少女趣味《しゅみ》的な伝説という、新たな付加価値がついた」

壁《かべ》に溶《と》け込んだような二枚重ねの扉《とびら》を開きながら、彼は面白《おもしろ》そうな目で美晴を見やった。

「伝説、ですか？　今のエピソードの他に？」

そう、と彼は頷《うなず》きながら美晴をエスコートして一枚目のドアを通し、二枚目のドアを押し開ける。

「『ロイヤル・ロマンス』の伝説だ。この二つのギメル・リングを交換《こうかん》した者同士は、生涯変わらぬ愛情によって結ばれるというお伽話めいたものなんだが、君はどう思う？」

信じられるかと尋《たず》ねられた美晴は、呆気《あっけ》に取られて首を振《ふ》った。

「いいえ。女の子が好きそうな伝説だとは思いますけど」

「そうだな。だが『ロイヤル・ロマンス』を長い間所有してきたある伯爵家《はくしゃくけ》の歴代当主は、揃《そろ》いも揃っておしどり夫婦《ふうふ》だったことで有名なんだ。試《ため》してみる価値はあるのかもしれない。――今となっては不可能だが」

「不可能？」

どうして、と内心首を捻《ひね》った美晴だが、すぐに理由に思い至った。

「……あ、そっか。『王の指輪』は美術館の所蔵品だから、誰かに贈ることはもうできないんですね」

おまけに今日、ホーク・アイによって盗《ぬす》まれてしまう可能性が高いのだから、もう伝説を試すことはできないだろう。

「それもそうだが、もっと決定的な理由がある」

ふと彼が笑《え》みを消して正面を向いた。

「これは二十年近く前の話だが。『ロイヤル・ロマンス』を所有していた伯爵家が没落《ぼつらく》し、屋敷《やしき》や調度品を手放すことになった。そのとき先祖伝来のジュエリー・コレクションだけは守ろうと売却《ばいきゃく》リストから外していたんだが、それが盗難《とうなん》に遭《あ》ってしまってね」

「ジュエリー・コレクションって、まさか……」

「ああ。盗まれたコレクションの中には『ロイヤル・ロマンス』も含《ふく》まれていたんだ」

驚《おどろ》いて見上げた彼の横顔から表情が消え、声が硬《かた》くなった。その一瞬の変化に美晴は少し戸惑《とまど》ったけれど、それよりも話の続きが気になった。

「それじゃ、『王の指輪』はどうしてここに？」

「運良く発見されて表に出てきたんだよ。だが片割れの『花嫁の指輪』は未《いま》だに行方《ゆくえ》不明。そういうわけで残念ながら、ばらばらになった『ロイヤル・ロマンス』の伝説の真偽《しんぎ》を確かめることはできないんだ。――さあ、この先が君の探していた回廊《かいろう》だ」

彼はそう話を締《し》めくくり、象嵌《ぞうがん》細工の美しい扉を押し開けた。

「あ、雨……？」

湿気《しっけ》を含んだ冷たい空気が、ひやりと頬《ほお》を撫《な》でた。その肌寒《はだざむ》さが美晴の意識をクリアにし、五感をきりりと覚醒《かくせい》させる。

――そうだ、中庭。

改めて目的を思い出し、美晴は二棟《ふたむね》の建物を繋《つな》いでいる石造りの回廊に踏《ふ》み出した。細部まで凝《こ》った彫刻《ちょうこく》に彩《いろど》られた華麗《かれい》な回廊は、まるで長いバルコニーのようだ。

この下にあるのが、ロンドンで母の一番の思い出になった庭園。幼い頃《ころ》から美晴が、その美しさを飽《あ》きるほど聞かされてきた場所だ。

母が感動したという風景に、同じように感動したい。母親を偲《しの》ぶというには強過ぎる思いに囚《とら》われながら肩《かた》で何度か深呼吸をし、そうっと下を覗《のぞ》き込む。

「あ……」

知らず、美晴は落胆《らくたん》の声を漏《も》らした。中庭という表現が不似合いなほど広大な庭園は、庭としての景観を失い、物々しい雰囲気《ふんいき》に包まれていたのだ。

生垣《いけがき》の間を警備員や警官が忙《せわ》しなく行き交《か》い、シートに覆《おお》われた芝生《しばふ》の上には様々な機材が乱雑に置かれていた。噴水《ふんすい》や水路は止められて、綺麗《きれい》に刈《か》り込まれたトピアリーや蔓《つる》バラを絡《から》めたアーチには、何本も張られたコードやロープが絡んでしまっている。網《あみ》やロープやサーチライトが石畳《いしだたみ》の小道を占領し、雨を凌《しの》ぐためのブルーシートが庭園のあちこちで天幕のように広げられていた。厳しい声で指示が飛び、大勢の人々が走り回っている。

「そっか、警備……。そうだった」

中庭には警備員が詰《つ》めていると、さっき言われたばかりだった。

——今日はホーク・アイの犯行予告日なんだから、仕方ない。

日が悪かったのだ。そう自分に言い聞かせたが、肩が落ちるのは止めようもなかった。

「この庭園に、なにか思い入れがありそうだな」

彼の手がそっと肩に触《ふ》れてくる。温かい。両手を乗せている石の手摺《てす》りの冷たさが急に指に沁《し》みてきた。

「また、見に来ればいい。庭園は盗まれない。明日も明後日もここにあるんだ」

「はい……」

その通りだ。ロンドンには二週間滞在《たいざい》する予定なのだから、その間にまた来ればいい。

肩に置かれた手を温かく感じながら、美晴は小さく頷いた。


ホーク・アイの予告時刻を数分後に控《ひか》えた展示室は、ひどく混《こ》み合い、異様な熱気と興奮に包まれていた。

「展示ケースは中央だ。一人で……は無理だな。この状況《じょうきょう》じゃ」

「いえ、もう一人で大丈夫《だいじょうぶ》です」

室内とこちらとを見比べて眉《まゆ》を顰《ひそ》めた彼に、美晴は元気良く首を振って見せた。

美晴は十六歳の日本人としては平均的な身長だが、体格はほっそりとしている。欧米人《おうべいじん》の中に紛《まぎ》れると頼《たよ》りなく見えるのは仕方がないが、これでも毎朝ひどい混み具合の通勤・通学ラッシュに鍛《きた》えられているので、このくらいの混雑なら大丈夫だ。

「ここまで案内してくださって、どうもあ……っ、え、うわっ⁉」

礼の途中《とちゅう》、二十四室へ駆《か》け込んできた大柄《おおがら》な男性にぶつかられ、美晴は簡単に吹き飛んだ。転倒《てんとう》しかけ、危《あや》ういところで彼に支えられ、ほっとしつつも恥《は》ずかしさに頬が熱くなる。

「す、すみません……っ」

「一人で大丈夫、か。今すぐ帰るというのなら、信用しなくもないんだが」

いや、それも危なそうだ。そんなふうに揶揄《やゆ》されてますます美晴は赤くなったが、きっぱりと首を横に振った。この部屋の中にある美晴のもう一つの目的は、庭園と違《ちが》い、今を逃《のが》したらもう二度と見ることができなくなるかも知れないのだ。

「まだ帰りません。帰るのは『王の指輪』を見てからです」

「怪我《けが》をしても?」

「しないように気をつけます。重ねがさね、ありがとうございました」

ばね仕掛《じか》けの人形のように勢いよく頭を下げると、美晴は決死の覚悟で二十四室に踏み込んだ。

「仕方がない。お供しよう」

「え?」

彼の腕《うで》が肩に回ったと思ったら、広い胸に抱《だ》き込まれた。人込みから庇《かば》ってくれるつもりのようだ。一人で大丈夫なのに、と内心反発しながらその実、美晴はほっとした。混んでいるだけならどうということはないが、展示室の中は異様な雰囲気で怖《こわ》かったのだ。

「あ、あの、ありがとうございます」

「いや。とにかく、気を付けて」

「は、はい」

頷きはしたが、どう気をつければいいのだろう。美晴は周囲の様子を見回してみる。

室内には、美術館には不似合いなタイプの人間が数多くいた。事件にかこつけて騒《さわ》ぎたいだけの野次馬《やじうま》や、現場にいればホーク・アイを見られるかもしれないと期待に目を輝《かがや》かせている派手な女の子の集団。ホーク・アイを捕《つか》まえてやると息巻いている若者のグループは複数で、互《たが》いに威嚇《いかく》し合っている。まるで治安の悪い地区の一部を切り取って、ここに運び込んだかのようだ。

「あ、見えた……！」

彼に庇われながら爪先《つまさき》立ちになった美晴は、観光客らしい一群の向こうに照明を受けて輝く金の指輪を見つけた。タイミング良く、彼らが展示ケースの前を離《はな》れていく。二人は素早《すばや》く空いた場所に入り込んだ。前列の真正面だ。

緊張《きんちょう》に頬を強張《こわば》らせ、美晴は指輪を覗き込む。

黄金に輝くギメル・リングを目にした瞬間《しゅんかん》、喧騒《けんそう》がすっと遠ざかった。

――……信じられない。

美晴は革紐《かわひも》を手繰《たぐ》り寄せ、いつも首から下げている母の形見をそっと取り出した。

「やっぱり……嘘《うそ》みたいに、似てる」

美晴が『王の指輪』の存在を知ったのは、ホーク・アイの次のターゲットについて報道しているニュースの映像がきっかけだった。

最初は、ただ驚《おどろ》いた。母の形見の指輪とテレビに映し出された『王の指輪』が、まるで双子《ふたご》のようにそっくりだったからだ。

一般人《いっぱんじん》の、しかも日本人の母の遺品が、イギリスの美術館で展示されているような高価な品と同じクラスのものだなんて、思ったわけでは勿論《もちろん》ない。しかしそれを見てから、美晴の頭から『王の指輪』の存在が離れなくなった。どうしても実物を見てみたい――理由も判然としないまま、美晴の心はそんな思いに強く捕《とら》われていた。

金細工とエナメル装飾《そうしょく》の施《ほどこ》された、ボックス形に盛り上がった台座。そこにセットされたテーブルカットのダイヤモンドとサファイア。台座の周囲を取り巻くレースのような繊細《せんさい》な細工、環《わ》のデザイン。

美晴が持っている指輪のほうが小ぶりだが、それ以外はほぼ同じだ。漂《ただよ》う雰囲気まで酷似《こくじ》している。

「……まるでペアリングみたいだ」

ここまで似ていると偶然《ぐうぜん》だとは思えない。有名な美術品は、贋作《がんさく》やお土産《みやげ》用のイミテーションが大量に出回るのが常だから、これもそういったものの一つなのだろうか。

けれど、母がこの指輪を買ったのは、確かイギリスの小さな骨董店《こっとうてん》だったはずだ。イギリスはアンティークの本場である。本場の骨董店で見つけたということは――。

「これが例の対《つい》の指輪だったりして」

まさかね、と妙《みょう》にざわめく気持ちを無視してシャツの中に指輪をしまおうとすると、背後から彼が美晴の手元を覗き込んできた。

「そうだな。案外それが行方《ゆくえ》不明の『花嫁《はなよめ》の指輪』かもしれない」

冗談《じょうだん》めかして言われた台詞《せりふ》に「あり得ません」と小さく笑って、美晴は彼を振《ふ》り仰《あお》ぐ。

しかし笑《え》みを含《ふく》んだ台詞や声とは裏腹に、彼は真剣《しんけん》な眼差《まなざ》しで形見の指輪を見つめていた。

「あの……？」

「ちょっと見せてくれないか」

「それは、構わないですけど」

頷《うなず》いた美晴は見学者の邪魔《じゃま》にならないよう、壁際《かべぎわ》へと誘導《ゆうどう》された。いきなり、なんだろう。戸惑《とまど》いながら、美晴は首にかけている革紐はそのままに指輪を彼の手のひらに載せた。

そこで初めて気づいたが、彼の手は夏だというのに手袋《てぶくろ》に覆われていた。テレビでよく見る、鑑定士《かんていし》や美術品を扱《あつか》う人がつけているような白い手袋だ。美術館で働く人ともなると、イミテーションの可能性が高くても、それらしい品物に触れるときはきちんと手袋をつけるんだ、と美晴は妙なところで感心した。

「これをどこで？」

彼はそれこそ鑑定士のように厳しい目で、様々な角度から形見の指輪を検分しながら尋《たず》ねてきた。

「あ…、形見なんです。母の」

問われるままに答えてから、失敗したと唇《くちびる》を噛《か》んだ。指輪に視線を当てたまま、彼がわずかに片眉をあげて驚《おどろ》きを表現したからだ。

母を亡《な》くしていることを知ると、大抵《たいてい》の人は悪いことを訊《き》いたと思うらしい。美晴はそんな罪悪感を持たれたくなくて、笑顔《えがお》を取り繕《つくろ》うとさばさばとした口調で続けた。

「その指輪は、両親が新婚《しんこん》旅行でイギリスに来たとき小さな骨董店で見つけたものだそうです。母が気に入ったので、父がプレゼントしたって聞きました」

「なるほど。ご両親が新婚旅行で」

「はい。それで今回、両親の行った所を回ってみようと思って。ロンドンだけですけど」

「君ひとりで？」

「……そうです」

なぜ父親と一緒《いっしょ》じゃないのかと訊かれたような気がして、美晴は思わず俯《うつむ》いた。

母を失くした今、唯一《ゆいいつ》思い出を共有できる父親が同行していないことが、彼の目には不自然に映ったのかもしれない。だが、それは美晴にとって触れられたくないことだ。もし興味本位で訊かれたのなら「そんなこと、あなたには関係ない」と反発していただろう。

けれど、彼の声があまりに優《やさ》しく胸に響《ひび》いたせいだろうか。

「父は……、父さんは、たぶんもう、母さんのことは思い出したくないんです」

反発するどころか、気づけば美晴はその優しい声につられるように、誰にも話したことのない事情を打ち明けていた。

「父さんは、もう母さんがいないってこと、考えたくないんだと思う。うちの両親は凄《すご》く仲が良くて、お互いのことをとても大事にしていたから。失ったことを認められないんです」

だから母さんに生き写しだって言われる俺のことも見てくれない。美晴は、そう心の中で付け足した。

母が亡くなったのは、美晴が中学二年生の時だ。あれからもう三年が経《た》つ。父は、美晴と顔を合わせたくないがために、家に寄り付かなくなった。その間、言葉を交《か》わした回数は片手で足りるほどだ。

それでも父となんとかコミュニケーションを取ろうとして、メールを送ったりテーブルにメモを残したりと美晴は懸命《けんめい》に働きかけた。この三年間、それに対する返事を貰《もら》ったことはなかったのだが、今年の六月――先月、初めてテーブルに父の残したメモを見つけた。

『――再婚《さいこん》するかもしれない』

嬉《うれ》しさに飛びついた美晴の目に映ったのは、たったそれだけの走り書きだった。

たぶん父は母を失った痛みに耐《た》えられなかったのだ。だから、母にそっくりな美晴のことを避《さ》けるようになった。それでも辛《つら》くて、自分を支えてくれる誰かと再婚する気になったのかもしれない。

父の気持ちを理解できないわけではないけれど、美晴のショックは大きかった。返事を書こうにも、一言も言葉が出てこないくらいに。

――ロンドンに来てまで、こんなことを思い出すなんて。

情けなさに睫毛《まつげ》の先が震《ふる》えた。じっと靴《くつ》の先に目を落としていたら、なにか優しい感触《かんしょく》が髪《かみ》を潜《くぐ》り抜《ぬ》けていった。

「え……」

気づけば、いつの間にか彼が右手の手袋を外して美晴の頭を撫《な》でていた。顔を上げると、指輪を観察していたはずの青い瞳《ひとみ》が美晴を映し、柔《やわ》らかに細められている。

「随分《ずいぶん》、辛い思いをしているようだ」

「……っ」

子供扱いされるのは嫌《きら》いだ。

けれど彼の手や声は、不安定な子供を大人《おとな》の理屈《りくつ》で宥《なだ》めるものではなかった。痛む所にそっと触《ふ》れて慰撫《いぶ》するような、優しくて温かいものだ。

「そんなこと、ないです」

かろうじてそう答えながら、美晴は知らず目を閉じて彼の手を受け入れた。しばらく髪を撫でていた手が、最後に頰《ほお》をそっと包んで静かに美晴から離れていく。それを追うように瞼《まぶた》を持ち上げると、青い目と視線がぶつかって、

「あ、……ッ」

はっと美晴は我に返った。なにをしていたのだろう、自分は。初対面の人に頭を撫でられ、甘えた猫《ねこ》のように目を細めてされるがままになるなんて、どうかしている。美晴は急に恥《は》ずか

にっこりと笑う。

焦《あせ》って話題を変えると、驚いた様子で彼は一度、瞬《まばた》きをした。その後、正解、というように

「あ、あのっ、俺、天野美晴といいます。日本人で学生――高校生なんですけど、あなたはこの美術館の方ですよね。キュレーターとか？」

しくなり、慌《あわ》てて彼から飛び離《はな》れた。

当たりだ。ちょっと嬉しい。

「さっきから思っていたんですけど、日本語、お上手ですね。俺もそんなふうに英語を話せるようになれたらいいんですけど、二週間じゃ無理かな」

「二週間？」

声の調子で詳《くわ》しい説明を求めながら、彼は再び手袋をはめて指輪に目を戻《もど》した。

「俺、明日から二週間、ロンドンの語学学校に通うことになっているんです」

それは、夏休みを利用した高校生向けの語学研修プログラムの一つだった。

アメリカとカナダ、オーストラリア、そしてイギリス。その中から好きな国を留学先に選べるシステムで、美晴は迷わずイギリスを選んだ。幼い頃《ころ》から繰《く》り返し、新婚旅行の思い出話を両親から聞かされたおかげで、イギリスには特別な思い入れがあったからだ。

「夏期休暇《きゅうか》中の短期留学か。二週間じゃ、ようやく慣れてきた頃に帰国ということになりそうだが」

指輪を裏返しながら、彼が苦笑《くしょう》混じりに指摘《してき》してくる。確かにそうかもしれない。

「学校名は？」

「ラングレイ語学学校です。メイフェアにある」

「あそこは確か、寮《りょう》がないな」

「ホームステイさせて貰うことになっています」

「ホスト・ファミリーはイギリス人？」

「はい。お年寄りのご夫婦《ふうふ》の家にお世話になる予定です」

「イギリス人か。それなら注意が必要だな」

急に硬質《こうしつ》な口調になった彼に、美晴は薄《うす》い肩《かた》をぴくりと揺《ゆ》らした。

「注意……って、なにに？」

指輪を検分し終えたブルーグレイの瞳が美晴を捕《と》らえ、不思議なきらめきを放った。

「見ていてごらん」

言われるままに彼の手元へ目を向けた美晴は、次の瞬間《しゅんかん》、信じられないものを見た。

手袋に包まれた指が繊細《せんさい》に動き、形見の指輪をそっと二つに割り開いたのだ。

「う、そ……」

驚愕《きょうがく》のあまり瞬きも忘れ、美晴は彼の手の中を凝視《ぎょうし》した。サファイアとダイヤモンドが並ぶ一つの指輪だったものが、サファイアの指輪とダイヤモンドの指輪というように、それぞれ一つずつに分かれてしまっている。

——そんな、どうして……？

館内に閉館五分前を告げるチャイムが鳴り響くのを、美晴はどこか遠くに聞いた。厳重に展示ケースを取り囲む警官の姿も見えてはいたが、それを気にする余裕《よゆう》もない。

全神経が形見の指輪に集中していた。

「こんなふうに割り開くことができるのが、ギメル・リングの特徴《とくちょう》だ」

「ギメル、リング……？」

指輪から目を離せないまま、美晴は無意識にその単語を繰り返した。

よく見ると、指輪は二つに分かれたものの、それぞれが独立しているわけではなかった。決して解けない知恵《ちえ》の輪のように、環《わ》の部分が交差する形で繋《つな》がっている。

けれど美晴には、形見の指輪がこんなふうに割れるなんて思いも寄らないことだった。おそらく母も知らなかっただろう。知っていたら見せてくれたはずだ。

美晴の瞳に、開かれた環の部分に刻まれている模様のようなものが映った。

「なに？　綺麗《きれい》な、……これは、文字？」

「ラテン語だ。『神の結びたまいしもの、人解くにあらず』と刻まれている」

どこかで聞いた言葉だ。それも、つい最近。けれど思い出せない。驚きのあまり凍結《とうけつ》してしまった脳からは、一欠けらの情報も引き出すことができなかった。

呆然《ぼうぜん》としているうちに、二つの指輪が元通りに組み合わされた。そうするともう、一つの指輪にしか見えない。

「これ、これって……母さんの指輪も、ギメル・リングだってことですか？」

「そういうことになるな。すべてのギメル・リングに価値があるわけではないが」

彼は人差し指に黒い革紐《かわひも》をひっかけると、他《ほか》の誰にも見えないように手のひらで指輪を隠《かく》しながら美晴の目の前に翳《かざ》した。

「イギリス人は庭好きとして世界中に知られている。だが、好きなものはそれだけじゃない。骨董《こっとう》好きでもあり、収集癖《しゅうしゅうへき》もある」

だから、と続けながら、彼は胸元《むなもと》で握《にぎ》り締《し》められている美晴の手を取った。

「気をつけるんだ。この指輪が、誰にも見つからないように」

形見の指輪が、とても貴重で価値あるもののように手のひらにそっと載せられた。気持ちの問題だろうか、馴染《なじ》んでいたはずの指輪がこれまでとはまったく違《ちが》うもののように感じられて、美晴は少し怖《こわ》くなった。

——もし、これが本当に高価なアンティークだったら……？

この指輪が『王の指輪』と同じように、数百年もの長きに亘《わた》って物の価値のわかる人々に愛され、大切に受け継《つ》がれたもので、革紐を通して首から下げるようなことが許されない品だったら。専門家によって手入れをされて、しかるべき場所に収められているのが正しい在り方だとしたら——？

——そんなわけない。

こみ上げてくる不安を、美晴はすぐさま打ち消した。

これは元々は母の指輪だ。雑貨や骨董品が好きな人だったけれどアンティークに詳しいわけではなく、高級志向はなかった。安くても気に入った物が幾《いく》つか身の回りにあればそれで満足していた人だ。そんな母の形見の指輪が『王の指輪』と同じクラスの品であるはずがない。

指輪をシャツの下に滑《すべ》り落とすと、周囲の様子を見渡《みわた》していた彼の呟《つぶや》きが耳に入った。

声は小さく、早口の英語だったが、日常会話程度なら問題なくこなせる美晴の耳には「放っておいたらどちらも潰《つぶ》されそうだ」と聞き取れた。

——潰される……？

なんのことだろう。小首を傾《かし》げ、シャツの下の指輪を服の上から指先でそっと確かめていると、彼がこちらに向き直った。その長身を優雅《ゆうが》に屈《かが》め、右耳に唇《くちびる》を寄せてくる。

「なにがあっても動かずここでじっとしているんだ。いいね？」

落ち着いた、それでいて有無《うむ》を言わせぬ強さを孕《はら》んだ声だった。決して威圧的《いあってき》な口調ではないのに、その声には反論を封《ふう》じる力がある。

「はい」

理由がわからなくても、そうしたほうがいいように思えて美晴は小さく頷《うなず》いた。

『——時間だ』

彼が呟き、五時を告げる鐘《かね》の音が館内全体に響《ひび》き渡る。

その最後の鐘が鳴り終えた瞬間、あらゆる照明が一斉《いっせい》に落ちた。

『きゃあっ！　誰か明かりを……っ、明かりをつけて！』

『何が起こったんだ⁉』

突然《とつぜん》、視界を闇《やみ》に包まれて、美晴は身を硬《かた》くした。

二十四室は『王の指輪』の展示場所だ。急な停電を事故だなんて、きっと誰も思わない。

『ホーク・アイの仕業《しわざ》だ！』

誰かが叫《さけ》んだ。それに呼応し、常軌《じょうき》を逸《いっ》した興奮状態で歓声《かんせい》を上げたのは幾つかのストリート・ギャングのグループだ。

『ホーク・アイを狩《か》り出せ！』

闇の向こうに蠢《うごめ》く暴力的な熱気。その不穏《ふおん》さに美晴は思わず後退《あとずさ》りした。日本にもああいった若者はいるが、彼らの迫力《はくりょく》は桁違《けたちが》いだ。

『落ち着きなさい！』

『静かに！　動かず、静かにするんだ！』

警官が口々に戒《いまし》めるものの、暴走を始めた若者たちには効果がない。ホーク・アイが身を潜《ひそ》めているだろう闇の中、ホーク・アイとは無関係の騒《さわ》ぎが既《すで》に勃発《ぼっぱつ》していた。ホーク・アイを捕らえようと企《たくら》んでいる若者たちが、強引《ごういん》に人を掻《か》き分けながら展示ケースへ突《つ》き進《すす》み、足を踏《ふ》んだの腕《うで》がぶつかったのと互《たが》いに難癖《なんくせ》をつけ始め、あっという間に殴《なぐ》り合いに発展してしまったのだ。

騒ぎはたちまち飛び火して、恐《おそ》れ戦《おのの》いた一般客《いっぱんきゃく》が雪崩《なだれ》をうって一つしかない出入り口へと殺到《さっとう》した。あちこちで人がぶつかりあい、絹を裂《さ》くような悲鳴が上がった。怒号《どごう》が響き、調度品が派手な音をたてて次々破壊《はかい》されていく。闇と暴力の気配に怯《おび》えてパニックに陥《おちい》った人々が誰彼構わず殴りかかり、騒ぎは雪だるま式に大きくなる一方だ。

『やめろ、落ち着け！　全員、その場を動くな！』

『勝手に持ち場を離《はな》れるな！　ターゲットを守れ、ホーク・アイを捕《つか》まえるんだ！』

混乱の渦《うず》を、警官たちの懐中電灯《かいちゅう》が刹那的《せつなてき》に照らしだす。二十四室には窓がなく、外部からライトが運び込まれるまではその小さな光源に頼《たよ》るしかない状況《じょうきょう》だ。

柱の陰《かげ》に身を潜めながら、美晴は彼の姿を捜した。動くなと言われ、そうしたつもりなのに、いつの間にか彼とはぐれてしまったのだ。

必死の形相で人を押しのけて逃《に》げ出す中年男性や、敵意をむき出しにして対峙《たいじ》するストリート・ギャングのぞっとするような表情が懐中電灯によって瞬間的に照らされる。展示品の収められているケースは無事なようだが、室内にバランスよく配置されていた椅子《いす》やコンソール、壁《かべ》に飾《かざ》られた絵画などは軒並《のきな》み被害《ひがい》に遭《あ》っていた。

「酷《ひど》い……」

あまりの惨状《さんじょう》に美晴は片手で口元を覆《おお》った。

ホーク・アイを捕まえるどころではない。室内は恐慌状態《きょうこう》だ。彼によって壁際《かべぎわ》へ誘導《ゆうどう》されていた美晴はそこにあった円柱に守られていたが、あの中にいたら今頃《いまごろ》、骨の二、三本は折られていたかもしれない。

この騒ぎに彼が巻き込まれていないことを祈《いの》りながら、美晴は必死に闇に目を凝《こ》らす。

と、展示室の中央で突然、驚愕《きょうがく》に満ちた叫び声が上がった。

『指輪が、指輪がない――！』

美晴ははっと息を飲み、くっきりとした大きな瞳《ひとみ》を零《こぼ》れそうなほどに見開いた。

「まさか、ホーク・アイ……!?」

――いったい、いつの間に？

この恐慌状態の室内で『王の指輪』を盗《ぬす》み出し、誰にも見つからず逃げたというのか。捕まらず、怪我《けが》もせず？　信じられない。それが本当なら、まさに魔法《まほう》だ。

『ないぞ!!　指輪が盗まれた！』

やはり、聞き間違《まちが》いではなかった。騒ぎの中、切れ切れに聞こえてくる警官同士の怒鳴《どな》りあうような話によると、展示ケースの中には今、指輪の代わりに、鷹《たか》の目をモチーフにした印章の押されたカードが入っているという。それはホーク・アイが犯行現場に必ず残していくものだ。

「なにか、メッセージとかあるのかな」

美晴の好奇心《こうきしん》が強く刺激《しげき》された。本物を見てみたい。だが、この騒ぎの中、あの展示ケースまで無事に辿《たど》り着くことができるだろうか。

――でも、もう盗まれた後だし。

ホーク・アイはとっくに逃げてしまったはずだから、警官やストリート・ギャングの関心はそちらに向いているだろう。それならこの騒ぎもじきに落ち着くだろうし、展示ケースに近づくことができるかもしれない。その途中《とちゅう》で、はぐれてしまった彼のことも捜してみよう。

そう思って美晴が一歩踏み出した瞬間《しゅんかん》、ヒュッ――、と空気を裂くような音がした。

「え――？」

『危ない！』

立ち竦《すく》んだその一瞬《いっしゅん》、硬球《こうきゅう》を素手《すで》で受けたような音が美晴の眼前で弾《はじ》けた。

「――ッ!?」

「……動くなと言っておいたはずだが」

嘆息《たんそく》混じりの彼の声は聞こえていたが、そんなことより今の出来事が信じられず、美晴は慌《あわ》てて彼の腕を掴《つか》んだ。今まさしく目の前で彼が受け止めたのは、叩《たた》き割られてどこから飛んできた彫刻《ちょうこく》の一部だったはずだ。

「……け、怪我は!?」

「それはこっちの台詞《せりふ》だ」

彼は彫刻の欠片《かけら》を放り出すと、薄《うす》い手袋《てぶくろ》を外して傷のない手のひらを美晴の目の前でひらりと振《ふ》った。どうやら異状はないようだ。

「よかった……」

「安心するのはまだ早い。安全な場所へ移動しよう。今度こそ大人《おとな》しくしているんだ」

彼はスーツの上着を脱《ぬ》ぎ、それで素早《すばや》く美晴を包むと有無を言わせず抱《かか》え上げた。

そしてどんな手段を使ったのか、フロアの混乱にも、将棋倒《しょうぎだお》しを起こしそうになっている出入り口の騒ぎにも巻き込まれずに二十四室を脱出《だっしゅつ》したのだ。

――安全な場所ってどこですか？

ふと疑問が頭を過《よ》ぎったものの、確固たる足取りで闇の中を疾走《しっそう》する彼に美晴は大人しく抱えられていた。すべて任せてしまうことに不安はなかった。迷っていたところを助けられた美晴は、彼が館内のことを熟知しているともう分かっているからだ。

「両手を首に回しなさい。そう、そのましっかり掴まっているんだ」

「あ、はい」

指示された通りにすると、横抱《よこだ》きに体勢を変えられた。息を殺して我慢《がまん》していたが、彼の肩《かた》が腹に当たって痛かったのがバレたのかもしれない。

――どこまで行くんだろう？

彼は真っ暗な館内の様子が見えているかのように走っていく。今、自分達がどこにいるのか美晴にはさっぱり分からなかったが、遠ざかっていく喧騒《けんそう》に、展示室から離れていっていることはわかった。

たぶん、美晴一人では、あの場から無傷で脱出することは出来なかっただろう。そう考えると、彼に大変な迷惑《めいわく》を掛《か》けているような気がして申し訳ない気持ちになったが、なぜ自分を助けてくれるのだろうかと同時に不思議にも思った。それに美晴は、まだ彼の名前も知らないのだ。

「……あの……」

「静かに。地下に入ると声が響《ひび》く」

せめて名前を訊《き》こうとしたが問いかける前に遮《さえぎ》られてしまい、仕方なく美晴が口を閉《と》ざすと彼は重そうな扉《とびら》らしきものを押し開けた。

途端《とたん》、ひんやりとした空気が流れ出し、黴《かび》の臭《にお》いが鼻をつく。そのまま奥へ進み、階段を降り始めたのが身体《からだ》に伝わる振動《しんどう》でわかった。

——なんだろう……この感じ。

埃《ほこり》が堆積《たいせき》したような、とても古い臭いがする。長い年月をそよとも動くことのなかった、淀《よど》んだ空気が満ちているような——。

こんな通路を通らなければならない場所が、本当に安全なのだろうか。

——変だ。こんなの、なにかおかしい……。

展示室から出た後は、普通《ふつう》なら一番大きい正面玄関《げんかん》から外に出るはずだ。こんな抜《ぬ》け道のような通路を通って脱出するなんて、どう考えても不自然過ぎる。

——だってこれじゃ、まるで逃げているような……。

まさか、と美晴はその考えを否定しようとしたが、現状がそれを許さなかった。

この人と一緒《いっしょ》なら大丈夫《だいじょうぶ》だと思い込んでいたけれど、よく考えてみれば彼とは今日が初対面だ。出会って三十分程度の、知り合いどころか顔見知りでさえない関係だ。

そんな見ず知らずと言っていい間柄《あいだがら》の男性を、ここまで信じてしまっていいのか――。

美晴の中に疑惑《ぎわく》が芽吹《めぶ》く。

彼は美術館の内部を熟知していた。怪《あや》しい素振《そぶ》りはどこにもなく、ごく自然に、迷った美晴を保護して展示室まで案内してくれた。身なりもきちんとしていたし、母の形見の指輪を手にしたときは、専門家らしく白い手袋までつけていた。

だからこの美術館の関係者だとすんなり思い込んでしまったけれど、それは大変な間違いだったのではないか――？

キュレーターかと尋《たず》ねたとき、彼は笑った。あの笑顔《えがお》を見て、正解だったと美晴は勝手に判断したが、彼は肯定《こうてい》も否定もしていない。――答えなかったのだ。

名前もそうだ。美晴は名乗ったが、彼はそうしなかった。

そして自分のことは一切《いっさい》明かさず、犯行予告の午後五時に美晴の隣《となり》から姿を消した。

「…………」

――まさか……。

疑惑が一つの結論に達し、ふるりと全身が震《ふる》えた。そんな美晴をどう思ったのか、身体を抱《だ》く腕《うで》が強くなる。

――まさか、この人が……。

安全な場所に移動すると言ったけれど、この状況《じょうきょう》はどう考えても逃走《とうそう》だ。つまり自分は今、泥棒《どろぼう》かもしれない人物の逃走に巻き込まれているのでは……。

自分の考えが信じられなかった。けれど、そうでなければ彼が逃《に》げる理由はない。

「お、下ろしてくださいっ」

彼の腕から逃げ出そうと美晴は手足をばたつかせた。

もう、なにがなんだかわからなかった。今日は一度に色んなことが起こって処理速度が追いつかず、頭が混乱しっぱなしだ。

問い質《ただ》そうと口を開いたとき、美晴はようやく彼の腕から下ろされた。

「あの！」

「怪我はないか」

自分の足で地面に立ち、今度こそ質問しようとしたが、またもや彼に制された。

闇《やみ》の中で相手がどんな顔をしているのかもわからないのに、優《やさ》しげな声で気遣《きづか》われると美晴は強く出られなくなる。

「はい。……大丈夫です」

「そうか。それほど汚《よご》れてはいないと思うが、なにしろ古い地下道だ。気に入っていた服なら済まなかった」

そう言いながら、彼が美晴を包んでいた上着をするりと外した。それは美晴を怪我や汚れから守るための措置《そち》だったらしい。

――……なんなんだろう、この人。

美晴は呆《あき》れ、困惑《こんわく》した。これまでのやり取りから、彼が優しい人だということはわかっている。だが、この予想が正しいのなら、彼は国際指名手配中の泥棒だ。

「どうして俺を連れてきたんですか」

美晴は呟《つぶや》くように尋ねた。

「その扉を開けると梯子《はしご》がある」

彼はその問いには答えずに、光の漏《も》れてくる扉のほうを指差した。

「梯子を上ると、古い教会の裏口に出る。この時間には誰もいないから見つかる心配はない。そこからホテルに帰りなさい」

「教会?」

意外な単語に美晴は目を丸くした。自分たちは美術館にいたのだ。外には一度も出ていないし、そもそも美術館の広大な敷地《しきち》内に教会なんてなかったはずだ。

「秘密の通路や隠《かく》し部屋は、古い貴族の屋敷には付き物だよ」

扉に向かってそっと背中を押されたが、彼の言いなりになるわけにはいかなかった。美晴には訊きたいことや説明して欲しいことが沢山《たくさん》あり、その答えをまだ何一つ貰《もら》っていないのだ。

「あ、あの、待ってください……っ」

「──その指輪の扱《あつか》いには注意するんだ」

食い下がろうとする美晴に構わず、彼が囁《ささや》きかけてくる。

「どういうこと、ですか……?」

不審《ふしん》に思って振《ふ》り返ろうとすると、それを封《ふう》じるように背後から強く抱きしめられた。思わず美晴が身じろぐと、意味ありげな笑《え》みが耳をくすぐってくる。

「私のことを警察に通報したければしてもいい。だが、そのときはその指輪はしっかり隠しておくことだ。盗《ぬす》まれた『王の指輪』に酷似《こくじ》した品を持っていたら、いらぬ疑いをかけられる。それに——怪盗《かいとう》に狙《ねら》われないとも限らないからね」

「え……？」

「君のお母上は大変な目利《めき》きだった。その指輪は『王の指輪』と同じ、私が長年探していた十六世紀のギメル・リングだ」

「——ッ」

美晴が息を呑《の》んだ、その一瞬《いっしゅん》の隙《すき》をつき、彼の体温が離《はな》れていく。

「ま、待って！」

焦《あせ》って美晴は振り返ったが、微《かす》かな光の射《さ》す地下道から、彼の姿は消えていた——……。

2

長く続いた白塗《しろぬ》りの塀《へい》。高々とした鉄の門。

石段を上がったアプローチの先には、四本の円柱に支えられた玄関ポーチを中央に据《す》えた白《はく》亜《あ》の豪邸《ごうてい》が聳《そび》えている。

「……あり得ない」

美晴は頬《ほお》を引きつらせ、研修プログラムのエージェントから渡《わた》されたメモを確認《かくにん》した。そこに記されたホームステイ先の住所と簡単な地図を、手持ちの詳細《しょうさい》な地図と照らし合わせながら来たはずが、どこで道を間違《まちが》えたのか、壮麗《そうれい》な四階建ての邸宅《ていたく》に辿《たど》り着いてしまった。

「ええと、……うん。イートン・スクエアの前を通ったところまでは合ってる」

方向音痴《おんち》じゃないはずなのにと美晴は首を傾《かし》げたけれど、つい昨日、自分は美術館で迷子になった身だ。また迷子になっていないとは言い切れない。

美晴は改めてメモと地図と現在地を一つずつ確認していった。

郵便番号。ストリート名。番地。

「……おかしいな。間違ってない」

美晴は当初の予定では、こぢんまりとしたフラットに住む年金暮らしのタッド夫妻のもとに滞在《たいざい》することになっていた。ところが初日の授業の後、慌《あわ》てた様子のエージェントからタッド夫妻の急な都合で美晴を受け入れることができなくなったと知らされた。なんでもアメリカにいる夫妻の息子《むすこ》が事故で重傷を負ったらしく、急遽《きゅうきょ》そちらへ向かったらしい。

夏期休暇《きゅうか》にはロンドン在住の人々は旅行に出かけるし、外国からはホームステイ希望の留学生が大勢やってくる。今から新たなホームステイ先を確保するのは難しいと聞かされたときはどうなることかと思ったが、エージェントはなんとか代わりの受け入れ先を見つけてくれた。

それがここ、イートン・スクエアに程近《ほどちか》い白亜のお屋敷だ。鉄製の華麗《かれい》なバルコニーのついた窓が整然と並び、各階の間の壁面《へきめん》に花綱模様が刻まれているその様は、見ている分には目の保養だが庶民《しょみん》には敷居《しきい》が高すぎる。

「本当にここだったらどうしよう……」

美晴は服の上から軽く形見の指輪に触《ふ》れた。

どうして自分のやることは、こうも裏目に出るのだろう。

父親とコミュニケーションを取るべく努力していたら初めての返事が「再婚《さいこん》するかもしれない」だし、英語の勉強に集中しようと語学研修に申し込めばホームステイ先がなくなる。代わりが見つかったと思ったらインターフォンを鳴らすのにも覚悟《かくご》がいるようなお屋敷だ。

おまけに、昨日は美術館で迷子になって怪盗と思われる人物に出会った挙句、その逃走に巻き込まれた。そのおかげで今日は警官の姿を見かけると妙《みょう》におどおどしてしまい、挙動不審な状態だ。

「はぁ……」

昨日の一件。あれはどう処理すればいいのだろう。

通報するべきなのかもしれない。けれど彼がホーク・アイだという確証はなく『王の指輪』を盗む場面を目撃《もくげき》したわけでもなかった。行動が怪しかったというだけで通報するのはさすがに躊躇《ためら》われるし、何度も助けられたことを思えばその気持ちが強くなる。でも……。

「あぁもう、やめ。それは後、後にしよう」

美晴は頭《かぶり》を振って昨日の出来事を振り払《はら》うと、思い切ってインターフォンを鳴らした。

間違いだと門前払《もんぜんばら》いにされる予感を抱《いだ》きつつ、緊張《きんちょう》しながら名乗ってみると、すぐに玄関《げんかん》のドアが開かれた。

……驚《おどろ》いた。本当にここで間違いないようだ。

「あ……」

屋敷の中からすらりとした人影《ひとかげ》が現れた。黒と見紛《みまが》うほどに濃《こ》い茶色の髪《かみ》の、凛《りん》とした雰囲《ふんい》気《き》の青年だ。

「Nice to meet you. My name is Miha……、は？」

「…………」

挨拶《あいさつ》の途中《とちゅう》だったが、青年は構わず門扉《もんぴ》を開くと無言で美晴の荷物を持った。そして無表情のまま踵《きびす》を返し、面食《めんく》らった美晴を置き去りにしてさっさと屋敷へ戻《もど》っていく。

「え、ちょ、待って!? 待ってください、それ俺の荷物……！」

唖然《あぜん》としてその背中を見送っていた美晴は、我に返って青年を、というよりスーツケースを追いかけてあたふたと石段を駆《か》け上がる羽目になったのだった。

『こちらでお待ちください』

そう言って綺麗《きれい》な角度で青年が頭を下げたので、美晴も急いでお辞儀《じぎ》をしたが、既《すで》に扉《とびら》は閉じていた。

「……もうそれ、マイペースとかそういうレベルじゃないような気がするんですが……」

押し寄せてくる疲労感《ひろうかん》に、美晴はずるずるとその場にへたり込んだ。

「こんな調子で上手《うま》くやっていけるのかな……」

傍《かたわ》らのスーツケースにこつんと肩《かた》を凭《もた》せ掛《か》け、なんとも典雅《てんが》な室内をゆるりと見回し溜息《ためいき》をつく。

スーツケースを餌《えさ》にして誘《さそ》い込まれるように通されたのは、応接間と思《おぼ》しき部屋だ。縦にも横にも広い室内には落ち着いた色調のカーペットが敷き詰《つ》められ、中央には年代物のソファとテーブルが置かれている。壁《かべ》には絵画。棚《たな》の中や暖炉《だんろ》の上には陶磁器《とうじき》に銀製品、古い置時計やオルゴール。天井《てんじょう》から吊《つ》り下げられたシャンデリアからは、明かりを灯《とも》していないのにきらきらと細やかな輝《かがや》きが零《こぼ》れてくる。

もう一つ、今度は長い溜息をついて美晴はゆるゆると立ち上がった。美しさに感動したわけではない。床《ゆか》に座り込むような無作法を許さない、この部屋の空気に負けたのだ。

「こんなのに囲まれてて、なんで平気で暮らせるんだろ」

室内にはちょっとしたことで割れたり折れたりしそうな古美術品が溢《あふ》れており、床を覆《おお》うカーペットは土足で上がるのに罪悪感を抱くような代物《しろもの》なので、美晴は部屋に入った所から一歩も動けなくなっていた。こんなお屋敷で二週間、なにも壊《こわ》さず生活できるだろうか。

さっきの青年の怜悧《れいり》な横顔が蘇《よみがえ》る。シャム猫《ねこ》のように綺麗な人だったけれど、一度も目を合わせようとしなかった彼の態度は美晴に対する拒絶《きょぜつ》を表しているように思えた。

——なんか、場違《ばちが》いなところに来ちゃったな……。

今日のロンドンの空模様のように、どんよりと胸が重くなる。と、ノックの音がし、「はい」と身体《からだ》ごと振り向いた美晴は、ドアが開いた瞬間《しゅんかん》、息が止まりそうになった。

「え……っ」

「君が留学生の天野美晴君か」

ひんやりとしてどこか甘い、低い美声が耳に流れ込んでくる。アッシュブロンドの髪の下、こちらを見下ろすブルーグレイの瞳《ひとみ》の奥で悪戯《いたずら》な光が踊《おど》っている。

「アーサー・ガラードだ。ようこそ我が家へ。歓迎《かんげい》するよ」

まるでこれが初対面のように握手《あくしゅ》を求めてきたのは、昨日美術館で出会い、地下道で別れた、もう二度と会うはずのない「彼」だった。

「どうして……」

真っ白になった頭の中が、感嘆符《かんたんふ》と疑問符《ぎもんふ》にたちまち埋《う》め尽《つ》くされていく。

「うん？」

「どうして、あなたがここに⁉」

驚愕《きょうがく》のあまり声を震《ふる》わせる美晴に、アーサーは軽く肩を竦《すく》めた。

「どうしてと言われても、ただ自宅にいるだけなんだが」

「自宅……？」

美晴は目を丸くする。そうだ、さっき彼は「我が家」と言った。

「それじゃ、もしかして……住んでるんですか？　ここに？」

「住んでいるよ」

当然とばかりに頷《うなず》かれ、今度は目眩《めまい》がしそうになった。

イートン・スクエア界隈《かいわい》にあるこの家から見てあの美術館は、ハイド・パークの東端《とうたん》をちょこっと挟《はさ》んだ向こう側に建っている。つまり、とても近いのだ。昨日の今日で逃《に》げ隠《かく》れもせず、犯行現場のすぐ近くで日常生活を営んでいるなんて正気の沙汰《さた》とは思えない。

愕然《がくぜん》としている美晴の様子に、アーサーは笑《え》みを深くした。

「ついでに言えば、ホームステイ希望の留学生の受け入れ登録もしている。だから今回の急な要請《ようせい》にも応じることが可能だったんだが、……ああ、目が零れそうだな。とりあえず座って話そうか」

背中に手を添《そ》えて美晴をソファへと促《うなが》すその仕種《しぐさ》が、地下道でのことを思い出させた。

――そうだ、指輪。

いつでもすぐに動けるようにソファに浅く腰掛《こしか》けて、狙《ねら》われているかもしれない指輪を手のひらに固く包みこんだ。

隣《となり》にゆったりと身を沈《しず》めたアーサーが小さく喉《のど》を震わせる。

「なにを守っているのか知らないが、誰もそれを奪《うば》いはしないさ。もう少し楽にするといい」

「でもイギリス人は骨董《こっとう》好きで、収集癖《しゅうしゅうへき》があるんでしょう。危ないからホスト・ファミリーにも見せるなって、昨日、怪《あや》しい人に言われました」

白々しい台詞《せりふ》に反発して睨《にら》みつけると、彼はおかしそうに目を細めた。

「そう必死に警戒《けいかい》されると煽《あお》られるな。強引《ごういん》に取り上げて、泣かせてみるのも楽しそうだ」

「なっ……！」

しかし、驚いた美晴が反射的にアーサーから飛び離《はな》れたとき。

『失礼します』

さきほどの青年がワゴンを押して入ってきた。第三者の登場に美晴はほっと肩の力を抜《ぬ》いたが、それも一瞬《いっしゅん》のことだった。青年の仮面のような無表情には、どうしても緊張してしまう。

おずおずと居心地《いごこち》悪く対角線上のソファの端《はし》に腰《こし》を下ろすと、手馴《てな》れた様子で紅茶の用意を始めた青年にアーサーが『ありがとう』と声を掛けた。

すると青年の上に小さな変化が現れた。アーサーを見て微笑《ほほえ》んだのだ。冬から春へと変貌《へんぼう》を遂《と》げたその美しい笑顔《えがお》を、美晴はぽかんとして見上げた。こんなふうに笑うと別人だ。

「彼はレイ。レイ・アーノンクール。私の優秀《ゆうしゅう》なアシスタントだ」

「アシスタント？」

泥棒《どろぼう》の？　と瞬間的に浮《う》かんだ思いが顔に出たのか、彼が笑って言い足した。

「私は投資を仕事としているんだ。レイには情報収集をメインに色々とサポートしてもらっている。公私共にね」

個人投資家ということらしい。それなら、レイというこの青年はホーク・アイの正体を知らないのだろうか。

アーサーはレイに向かって英語で美晴を紹介《しょうかい》した。

『レイ、こちらはミスター・ミハル・アマノ。日本からの留学生だ。今日から二週間、この家に滞在《たいざい》する』

そこで初めて伏《ふ》せられていたレイの目が上がり、正面から美晴を映した。

「……っ」

冷淡《れいたん》な目とぶつかって美晴の肩が小さく跳《は》ねた。こちらを向いたレイの顔にさっきの微笑みは跡形《あとかた》もない。凍《こお》りついたような無表情の中、銀灰色《ぎんかいしょく》の瞳だけが生きていて、美晴の内側を見《み》極《きわ》めようと鋭《するど》く細められている。

『み、ミハル・アマノです。二週間、宜《よろ》しくお願いします』

怯《ひる》んだ美晴の挨拶に、レイは『よろしく』とだけ素っ気なく答えた。テーブルに紅茶のカップを並べると、もう関心はないとばかりに身体ごと顔を背《そむ》けてしまう。

東洋人が嫌《きら》いなのだろうか。それとも自分が生理的に彼の嫌いなタイプなのか。理由はわからないけれど、彼が美晴を歓迎していないことだけはひしひしと伝わってくる。

それだけでも不安になるには十分なのに、更《さら》に大きな問題があった。アーサーだ。

こちらは存在そのものが問題だった。なにしろ彼はホーク・アイだ。確証はないが、そのはずだ。いくら世間に人気があろうと、国際指名手配中の犯罪者である。

——こんな状況下《じようきようか》で語学研修って……ホームステイって……。

嫌《いや》な汗《あせ》が背中に滲《にじ》んだ。エージェントに連絡《れんらく》して、どこか他《ほか》のところを紹介してもらえないだろうか。

しかし必死になって受け入れ先を見つけてくれたエージェントに、今から別の所を探して欲しいとは言いづらい。他を見つけるのはおそらくもう無理だから、多少嫌なことがあっても我《が》慢《まん》して欲しいとあらかじめ言われているのだ。

——……大丈夫《だいじようぶ》。たった二週間だ。

それもきっかり二週間ではない。二週目の土曜日に帰国するから十三日間……いや、今日はもう夕方の四時を過ぎていて一日が終わったようなものだから、残りはおよそ十二日だ。

紅茶のカップから立ち上る湯気が儚《はかな》く宙に消えていく様子に漠然《ばくぜん》とした不安を感じながら、美晴はなんとか自分を納得《なつとく》させようと必死の努力を重ねていた。一方、その対角線上では、

『残っているのは投資依頼《いらい》が三件、資産運用についての相談が二件か』

『集めた資料は重要度の高い順に右から並べてありますが、あまり収穫《しゆうかく》はないかと』

頷いたブルーグレイの双眸《そうぼう》が、強張《こわば》った美晴の表情を楽しげに眺《なが》めている。

『では、こちらを優先しよう。今日の仕事は終了《しゅうりょう》だ』

アーサーは底の見えない笑みを浮かべ、レイに帰宅を促した。

＊

高い天井《てんじょう》に足音が反響《はんきょう》していた。一人分だ。二人で歩いているのにも拘《かかわ》らず、響《ひび》いているのは美晴の靴音《くつおと》だけである。

思えば昨日もそうだった。厚い絨毯《じゅうたん》が敷《し》き詰《つ》められていた廊下《ろうか》はともかく、石造りの回廊や地下道でも足音がしないのは異常だ。

そのことを指摘《してき》しようかと思って、止めた。それより気になることがあったからだ。

レイが帰宅した後、

「まずは一通り家の中を案内しよう。美晴のしたい話はその後だ」

そう言って立ち上がったアーサーが、扉《とびら》の脇《わき》に置いてあったはずのスーツケースをソファの脇で取ったときは驚《おどろ》いたし、やはりこの人はホーク・アイだと認識《にんしき》を更に強くした。

「俺の荷物……！」

「運ぶだけだ。盗《と》らないよ」

スーツケースを返してくれないアーサーを疑わしく睨むことに躊躇《ためら》いはなかった。泥棒の言うことなど信用できなくて当然だ。

案内された二階の客間は、リビングと寝室《しんしつ》が二間に分かれていた。バスルームのついた、ホテルのスイートのような部屋だ。もっとも、貴族の部屋を再現したような内装や調度品の質を考えると、高級ホテルのスイートのほうがよほど気楽に過ごせたかもしれない。

個性的な存在感を放つアンティークの家具に囲まれたリビングには、文明の利器も揃《そろ》っていた。テレビや電話、パソコンもあり、ネット環境《かんきょう》も調《ととの》っているという。

「時差があるから、ご家族と連絡を取りたいときはメールのほうが便利《べんり》かもしれない。もちろん電話がよければそれでもいいし、どちらも好きに使って構わないよ」

国際電話を何回掛《か》けられても気にならないらしい。経済的に潤《うるお》っているのは投資家として成功しているからか、泥棒として全勝しているためなのか。どちらにしても基本的な金銭感覚が美晴とはかけ離れているようだった。

エアコンやシャワーの使い方など一通りの説明を受けた後は、屋敷《やしき》の中を案内された。一階は玄関《げんかん》ホールを中央にして、右翼《うよく》が食堂や居間などのあるプライベート用。左翼《さよく》はオフィスや資料室などとして仕事用に使われているらしかった。応接間は左右どちらの棟《むね》にもあり、仕事とプライベートとで使い分けているようだ。美晴が通されたのは右の棟の応接間だった。

図書室、音楽室、ビリヤード室。三階、四階と各フロアを見て回るうちに美晴はふと気がついた。足音のこともそうだが、それだけではない。

——誰も、いない……?

この広々とした屋敷には、アーサーと美晴以外に人の気配がしなかった。

彼のしていることを考えれば、使用人などの他人を家に入れたくないだろうことは想像がつく。けれど家族を遠ざける理由はないはずだ。独立したと言われればそれまでだが、一人で暮らすならこんなに広い屋敷は必要ないのではないだろうか。

美晴は一歩先を歩くアーサーの背中を複雑な思いで見つめる。

——寂《さび》しくないのかな。

誰かに傍《そば》にいて欲しいと思うことはないのだろうか。彼を心配する人はいないのだろうか。

余計なお世話だろうけれど、美晴はなんとなくアーサーの心情に思いを巡《めぐ》らせる。

沢山《たくさん》の疑問の中から、ふと泡《あわ》のように一つの思いが浮かび上がった。

——どうして盗《ぬす》むんだろう。

これまで考えたこともなかったホーク・アイの理由。それが急速に気になり始めた。


「ここが私の部屋だ」

屋敷を一通り案内され、最後に二階にあるアーサーの居室に通された。落ち着いた色調で纏《まと》められているその部屋は、美晴に与《あた》えられた客間より広いけれど造りに変わりはないようだ。

「さて、約束通り美晴のしたい話をしようか」

そう言って美晴に正面のソファを勧《すす》めた彼は、心なしか意地の悪い笑《え》みを浮かべている。それを見返し、美晴は背筋をぴんと伸《の》ばすとストレートに切り込んだ。

「間違《まちが》っていたら申し訳ないですけど、俺、ホーク・アイの正体はあなただと思っています。違《ちが》いますか」

顔を隠《かく》したり声色《こわいろ》を作ったり、状況の辻褄《つじつま》を合わせるような小細工ひとつしなかったが、よく考えれば彼の行動は不審《ふしん》なことだらけだった。

しかしアーサーは動じた風もなく、薄《うす》く笑んだままわざとらしく肩《かた》を竦《すく》めてみせる。

「根拠《こんきょ》は？」

「泥棒《どろぼう》じゃないなら、あんな地下通路を使ってまで逃《に》げる必要はなかったでしょう」

「さあ、どうだろうな」

とぼけるアーサーに美晴は目を尖《とが》らせる。新しい玩具《おもちゃ》を見るような目を向けられて、さすがにかちんときた。

「美術館が停電になってからは真っ暗で姿が見えなかったけど、声や口調はあなただったし、俺の指輪のことも知ってた。指輪のことはあなたにしか話してないから、知っているのはあなただけです。その上で俺の指輪を盗むみたいなことを仄《ほの》めかしたし、あの状況で警察に通報してもいいなんて普通《ふつう》、泥棒本人じゃなきゃ言いません」

アーサーが片眉《かたまゆ》を上げ、妙《みょう》な言葉尻《ことばじり》を捕らえてきた。

「なるほど、泥棒は普通そう言うのか」

「いえ、それは言わないと思うけど」

そこに反応されるとは思わず、美晴は少々うろたえる。

「言わないなら違うんじゃないか」

「で、でもあなたは言ったでしょ。警察がどうこうなんて普通泥棒《ふつう》は言わないけど、真面目《まじめ》に生活している一般人《いっぱんじん》はもっと言いません」

「それじゃ誰もそんな発言はしないことになるな」

美晴の追及は、のらりくらりとかわされる。時々喉《のど》を鳴らして意地悪く笑っている辺り、遊ばれているのは明らかだ。どうしたら尻尾《しっぽ》を摑めるのかと美晴がじりじりしていると「まあ冗談《じょうだん》はさておき」と息を吐《は》くように軽く笑ってアーサーがソファに座り直した。

ふざけた空気がにわかに様相を変えた。

アーサーが表面的な笑みを消し、目の色、声の調子をわずかに改めたからだ。

彼の変化に、場の空気が従う不思議。それを目の当《ま》たりにした美晴も例外ではなかった。視覚や聴覚《ちょうかく》だけでなく、握《にぎ》り取られたかのように全神経が彼へと集中してしまう。

「どうして警察に通報しなかった？」

美晴は小さく息を飲んだ。それは、彼がホーク・アイであることを認めたも同然の質問だ。

「証拠《しょうこ》が、ないし。あなたが指輪を盗むところを、見たわけじゃないから」

これまで軽くあしらわれてきた腹いせに適当に答えてやろうと思ったのに、嘘《うそ》を許さない眼《まな》差《ざ》しが美晴にそうさせてくれなかった。

「それに、あの美術館であなたに会ってから教会の裏口に出るまでのことを、英語で説明できる自信もなかったんです。説明の仕方次第《しだい》では俺も疑われると思うし、あなたが言ったように母さんの指輪を奪《うば》われるかもしれない。父にも心配をかけたくなかった」

それに、と答える必要のないことまで喉から勝手に滑《すべ》り出る。

「ホーク・アイのこと、俺は犯罪者だと思ってます。だけど、あなたは迷子になっていた俺のことを助けてくれたり、騒《さわ》ぎの被害《ひがい》に遭《あ》わないよう守ってくれました。それに父さんのことだって……。いえ、ええと、とにかく優《やさ》しいところもある人だって思うから、泥棒をするのにもなにか理由があるんじゃないかと思って」

本音を曝《さら》け出してしまった気恥《きは》ずかしさに、美晴は膝《ひざ》の上で手を握り締《し》めた。それを見たアーサーの口角がわずかに上がる。

「確かに私はホーク・アイと呼ばれる泥棒だ。自分で名乗ったわけじゃないが」

確信を抱《いだ》いていたものの、いざ断言されると心臓が大きく波打った。

「どうして人のものを盗んだりするんですか。昨日、逃げるとき俺を連れていった理由もわからない。国際手配までされている正体不明の怪盗《かいとう》が、こんなにあっさり正体を明かすなんて。どうしてなんですか」

身を乗り出した美晴に、彼は適度な間を置きながらゆっくりと答え始めた。

「美晴を連れて逃げたのは、こちらとしても予想外のアクシデントだったよ。あの場に置いていったらパニックに巻き込まれて群衆に潰《つぶ》されかねなかっただろう？　さすがにそれは寝覚《ねざ》めが悪いし、君の指輪も壊《こわ》されかねない。もし無事に外に出られたとしても、犯行現場に居合わせた者はボディチェックや所持品検査を徹底的《てっていてき》にされただろう。そのとき、サイズが違うとはいえ盗まれた品と酷似《こくじ》した指輪を所持していれば、間違いなく君は疑われていた。『王の指輪』だと勘違《かんちが》いされて、取り上げられたかもしれない」

美晴は思わず形見の指輪を握り締めた。確かに彼の言う通りだ。

「盗みを働く理由は、……そうだな。私としては、他人のものを盗み出しているという感覚は薄い。奪われたものを取り返しているだけだ」

「奪われたもの……？」

アーサーが事も無げに言った台詞《せりふ》を、美晴は口の中で繰《く》り返した。どういうことだろう。奪われた、そう言っていいのは被害者側《ひがいしゃ》のはずだ。

アーサーの言葉通り、取り返しているということなら、これまで彼が盗んだとされるすべてのジュエリーは、以前彼が所有していたということだ。それを奪われたから、取り返しているということだろうか。

「そうだ。これまでのターゲットはすべて元々私の物だ」

考えが顔に出ていたのか、美晴の疑問を彼はあっさりと肯定《こうてい》した。それなら当然、そこには『王の指輪』も含《ふく》まれていることになる。

――それじゃ、あの話は……。

昨日、二十四室へ向かう途中《とちゅう》、アーサーから聞いた話が脳裏《のうり》に蘇《よみがえ》る。

ある没落《ぼつらく》貴族の、手放すつもりのなかったジュエリー・コレクションが盗難《とうなん》に遭ったという話だ。もしかしたら、その没落貴族とは彼の家のことだったのではないだろうか。

カタン、と小さな音がして美晴ははっと我に返った。アーサーがいつの間にか壁際《かべぎわ》に置かれたデスクの前に移動し、引き出しから古い深紅《しんく》のビロードの小箱を取り出していた。

その中に納められた『王の指輪』は、美術館にあったときより遥《はる》かに誇《ほこ》らしく輝《かがや》いており、まるで本来の持ち主の許《もと》に戻《もど》ってきたことを喜んでいるかのように見える。

あるべき場所に収まった——確かにそんな気がするけれど、納得《なっとく》していいのだろうか？

常識や法律と本能的な感性の狭間《はざま》で、美晴の思考は混乱をきたし始めていた。

もし彼の言うことが本当で美晴の想像が正しかったとしても、泥棒は泥棒だ。犯罪だ。

ただ、彼の事情は心情的には理解できるから、ホーク・アイに関する報道を無責任に楽しんでいられた頃《ころ》なら全面的に肯定していたかもしれない。

けれど犯行現場に居合わせた美晴は、あの恐慌《きようこう》状態に巻き込まれた衝撃《しようげき》を忘れることはできなかった。あの騒ぎはホーク・アイのせいではない。けれど、彼がいなければ起こるはずのなかった騒動《そうどう》だ。それに昨日、冗談なのか本気なのか、美晴の指輪を狙《ねら》っているかのようなことを彼が口にしたせいで、美晴は盗まれる側の気持ちも痛いほどよくわかる。

形見の指輪を奪われるなんて、考えただけで身体《からだ》中の血が凍《こお》りそうだ。もし盗まれたら、盗んだ相手を心底恨《うら》んで、どんなことをしてでも取り返したいと切望することだろう。

そして奪われたと言うからには、そんな気持ちを恐《おそ》らくアーサーも抱いているのだ。

――どうすればいいんだろう。

当惑《とうわく》する美晴をよそに、アーサーは『王の指輪』を見つめていた。

柔《やわ》らかく細められたブルーグレイの瞳《ひとみ》の中に、懐《なつ》かしさや愛《いと》おしさ、様々な痛みが次々と浮《う》かんでは消えてゆく。

それを見ていたら、美術館で髪《かみ》を撫《な》でてくれたアーサーの手の感触《かんしょく》が蘇ってきた。

あの手がすべてをわかってくれたように感じたのは、彼が喪失《そうしつ》の痛みを知っていたからだ。

彼は、家をなくしていた。おそらくは家族も。だからこそ取り戻すことが可能なジュエリー・コレクションに執着《しゅうちゃく》しているのだろう。

美晴は手の中の形見の指輪を強く意識した。

美晴にとってのこの指輪と同じように、『王の指輪』にはアーサーにとってかけがえのない思い出がきっとたくさん詰《つ》まっている。

「どうして」

もう何度目になるかわからない疑問詞を、美晴は今また唇《くちびる》に乗せた。

「どうして俺にそんなことを話すんですか。警察に言うかもしれないのに。ホーク・アイの正体があなただってことも、『王の指輪』を盗《ぬす》んだことも」

「それは――」

青みを濃《こ》くしたアーサーの目が美晴を鋭《するど》く射竦《いすく》めて、これまでとは違《ちが》う笑みを閃《ひらめ》かせる。

「――美晴がその指輪の持ち主だったからだ」

「……ッ！」

全身がぞくりと震《ふる》えた。獲物《えもの》を見つけた猛獣《もうじゅう》のような、それでいてひどく典雅《てんが》な笑み。怖《こわ》いのに、見ていたい。恐ろしく魅力的《みりょくてき》な表情だ。

「あの美術館で『ロイヤル・ロマンス』の話をしただろう。『王の指輪』には対になる『花嫁《はなよめ》の指輪』があると」

「でも、それは行方《ゆくえ》不明になった、って」

「そうだ。だが、昨日見つけた」

『王の指輪』を弄《もてあそ》びながら近づいてくるアーサーを見上げ、美晴は喘《あえ》ぐように息を継《つ》ぐ。

「君のお母上は目利《めき》きだったと言っただろう？　——その指輪こそ、行方不明だった『花嫁の指輪』だ」

心臓が、大きく波打った。思考が停止し、一瞬《いっしゅん》意識が空白になる。

次の瞬間《しゅんかん》、美晴の喉から悲鳴のような叫《さけ》びが迸《ほとばし》った。

「そんなわけない！　母さんは単なる雑貨好きの庶民《しょみん》だし、この指輪はすごく安かったって言ってた……！」

映画を一本見られるかどうかの値段だったと、母は笑いながら話していた。それが『王の指輪』の片割れだなんて、そんな馬鹿《ばか》なことがあるはずない。——けれど……。

それが認めざるを得ない真実だということを、美晴はどこかで悟《さと》っていた。気づかない振《ふ》りをしていたけれど、そんな予感はずっと前からあったのだ。

ニュースで『王の指輪』を見たときから、ひょっとしたらこの指輪も自分の手には負えないようなジュエリーなのかもしれないと、密《ひそ》かに恐れていた。それは昨日、『王の指輪』を実際に目にして決定的なものになった。

だって本当に似ていたのだ。デザインや細工、存在感や長い年月を経《へ》た重み。それぞれの指輪が形成する美の世界は、二つ並んで初めて完成するのだと思い知らされたような気さえした。

「証拠《しょうこ》の一つだ。よく見てごらん」

昨日の一幕を再現するかのように、アーサーが『王の指輪』を二つに開いた。そこには美晴の指輪に刻まれていたのとまったく同じ文言が、同じように装飾的《そうしょくてき》に刻まれている。

カットソーの襟元《えりもと》から形見の指輪を引き出して、美晴は再び間近にそれらを見比べた。

絶望的にそっくりだった。どうにかして『王の指輪』と、形見の指輪との相違点《そういてん》を見つけたかったのに。

「これが二つ目の証拠だ」

駄目《だめ》押しに見せられた写真には、リングケースに並んで収められた二つの指輪が映っていた。ケースの上蓋《うわぶた》の裏側に、舞《ま》うような筆記体で『ロイヤル・ロマンス』と刺繍《ししゅう》されている。よく見ればそのリングケースも、さっきアーサーが取り出した深紅のビロードのそれだった。

「本当、なんだ……？」

アーサーにというよりも、自分自身に確かめるように美晴は力なく呟《つぶや》いた。

「本当だ。私は泥棒《どろぼう》だが、嘘《うそ》はつかない」

そうだろう。そんな人でなければ、わざわざ予告状など出したりしない。そして彼が予告を違えたことは、これまで一度もなかった。

「そっか……。これは元々、あなたの家のものだったんだ」

美晴は形見の指輪にじっと視線を注《そそ》いだ。

あの美術館で迷子になったのは、もしかしたらこの指輪が本来の持ち主の元へ美晴を導いたせいかもしれない。そんなお伽話《とぎばなし》みたいなことが現実にあるはずはないけれど、偶然《ぐうぜん》にしては出来《でき》すぎていた。

美晴が迷子にならなければアーサーと出会うことはなく、アーサーが形見の指輪を目にする機会もなかった。いや、ホームステイ先の変更《へんこう》があったから出会いはしただろう。けれどそんなふうに出会っていたら美晴は指輪を見せなかっただろうし、アーサーがホーク・アイだと知ることもなかった。

——……ああ。だから、か。

唐突《とうとつ》に、腑《ふ》に落ちた。アーサーが自分を展示室から連れ出したのは、九割以上が指輪のためだったのだ。美晴のことを心配してくれたのも本当なのだろうけれど、彼がなにより気に掛《か》けていたのはこの指輪のことだった。

大切な指輪が壊《こわ》されないように。『王の指輪』と間違《まちが》われないように。『花嫁の指輪』だと誰かに知られることのないように。

それは納得のいく理由だったが、美晴を酷《ひど》くがっかりさせた。なぜここで落胆《らくたん》しなければならないのか、よくわからないままに気持ちが沈《しず》んだ。

――じゃあこれ、どうしよう……。

鉛《なまり》のように重くなった胸に、指輪を握《にぎ》った拳《こぶし》を強く押し当てた。そうして思考を巡《めぐ》らせていると、耳について仕方のなかった秒針の刻む規則的な音が徐々《じょじょ》に遠くなっていく。

優《やさ》しいものや辛《つら》いもの、様々な記憶《きおく》が去来した。両親の笑顔《えがお》。突然《とつぜん》の喪失。それに付随《ふずい》した感情が美晴の胸に深く揺《ゆ》さぶりをかけてくる。

アーサーが興味深げにこちらを見ていることにも気づかず、迷い乱れて混沌《こんとん》とした気持ちの中から、納得のいく結論を見出《みいだ》そうと美晴は思考に沈んだ。やがて一つの答えが浮かび上がり、結晶《けっしょう》のように固まっていく。

伏《ふ》せていた目を、すっと上げた。

一度強く唇を噛《か》んで、美晴はアーサーを見据《みす》える。睨《にら》むような目つきになってしまったが、それは許して欲しかった。そうして力を込めていないと、目が潤《うる》んでしまいそうだ。

「これ、返します」

美晴は頭を革紐《かわひも》に潜《くぐ》らせ、アーサーの胸に形見の指輪――『花嫁の指輪』を押し付けた。アーサーがわずかに目を瞠《みは》ったような気がしたが、それはきっと錯覚《さっかく》だ。だって彼は今、美術館で出会ったときのように真顔でこちらを見下ろしているのだから。

「母さんの形見だけど、あなたにとってもそうなんでしょう……？　ご両親の形見で、代々続いた家のご先祖様から受け継いだ大事なものなんでしょう？」

美晴は顔を伏せ、声が震えないようにぐっと堪《こら》えながら言葉を続けた。

「俺には父さんがいるし、母さんの形見はこれだけじゃないし。十六世紀の指輪とか言われても、俺にはよくわかんないし、ちゃんとした管理なんてできない。それに一対《いっつい》のものが離《はな》ればなれになっているのは、やっぱり可哀想《かわいそう》だから……。この指輪は、返します」

本当は手放したくなかった。幸福そうに笑う母のイメージと直結しているこの指輪は、この三年間、美晴にとって最大の拠所《よりどころ》だったのだ。

けれど、振り返ってくれないとはいえ、美晴にはまだ父親がいる。家族で暮らした家も、母の思い出の品も残っている。

それなら先祖代々受け継がれてきたという大切な指輪は、アーサーに返すべきだろう。彼にはもう誰もおらず、この静まり返った大きな屋敷《やしき》にたった一人なのだ。思い出の品を盗んででも取り戻《もど》そうとするくらいだから、彼の手元にはそうしたものがきっと何も残っていない。

このことを知ったのがもし母さんだったら、アーサーに返そうとするに決まってる。父さんも、そんな理由ならきっと許してくれるだろう。

「大事にしてください。たぶんそうしてくれると思うけど、この指輪は特に大切にして。これは俺にとって母さんの形見なんだから、粗末《そまつ》に扱《あつか》ったら許しませんから」

美晴がなんとか顔を上げると、アーサーが驚《おどろ》いた様子でこちらを見下ろしていた。なぜだか、彼は虚《きょ》を衝《つ》かれたような顔をしている。

「早く、取って」

受け取ろうとしないアーサーに焦《じ》れて、美晴は彼の手を摑《つか》むと無理やり指輪を握らせた。瞬間、酷い痛みが胸を貫《つらぬ》いたが、呼吸を止めてやり過ごす。もう限界だった。これ以上、ここにいたら泣き出してしまいそうだ。

「じゃ、宜《よろ》しくお願いします」

美晴はゆるりと立ち上がった。力なく頭を下げると、ついに瞳《ひとみ》から涙《なみだ》が溢《あふ》れてカーペットに点々と染《し》みを作った。

「……美晴」

――まだ、なにかあるの？

呼びかけられたことに過剰《かじょう》反応し、思わずそう詰《なじ》りそうになったとき、すっと彼の両手が伸《の》びてきて涙に濡《ぬ》れた頬《ほお》を包まれた。

――え……。

左の目尻《めじり》に、温かく柔《やわ》らかいものが触《ふ》れた。涙を拭《ぬぐ》うように触れたそれが瞼《まぶた》や目許《めもと》へと移り、反対側にも同じように触れてくる。

そのさらりとして温かな感触《かんしょく》がアーサーの唇《くちびる》だと気づいたのは、羽のようなキスが額に落とされた後のことだ。

『参ったな。ターゲットを差し出されるとは思わなかった。予想外の展開だ』

しかも涙に捕《つか》まるとは、とアーサーが喉《のど》の奥で笑っている。

「な、なに。泣いたのがそんなにおかしいですか」

早口の英語を聞き取れず、美晴は簡単に泣いた自分のことをアーサーが笑ったのだと思った。未《いま》だ涙の乾《かわ》かない目を精一杯《せいいっぱい》きつくして睨みつけると、アーサーに柔らかく抱《だ》き寄せられる。

「そうじゃない。悪かった。泣かせるつもりはなかったんだ」

微笑《ほほえ》んだ唇が、美晴のそれを掠《かす》めていった。

――キス、された……？

全身を包む温《ぬく》もりと共に、現状がゆっくりと頭に沁《し》み込んでくる。

キスされた。さっきは顔中に。そして今は、……唇に。

こんなとき、どうすればいいのかわからず美晴は困惑《こんわく》したけれど、彼の腕《うで》の中は温かく、こうしていることに嫌悪感《けんおかん》はなかった。

驚いたせいか涙が止まり、伝わってくる体温に乱れた感情が鎮《しず》められていく。

そのまま大人《おとな》しく抱かれていると、そっと取られた手のひらに二つの指輪を転がされた。

「十七年ぶりに揃《そろ》ったな」

溜息《ためいき》のような声には、一言では言い表せない様々な思いが込められていた。そのすべてを読み取ることはできないけれど、彼が深い満足と喜びを感じていることは美晴にも伝わってくる。

――よかった。

そんなふうに喜んでくれるなら、形見の指輪を綺麗に諦《あきら》めることができそうだった。

それにペアのリングが並んだ様は安定感がある。自分の手の上というのが難点だったが、有るべきものが有るべき場所に戻ったという、しっくりとした感じがした。

「美晴、それを私に」

「これ……？」

そう、とアーサーの涼《すず》やかな目が『王の指輪』を指し示した。

その目に閃《ひらめ》いた企《たくら》みに気づくことなく、美晴は言われるままに指輪をアーサーに手渡《てわた》した。

そして、次に彼が『花嫁《はなよめ》の指輪』を手に取るのをじっと見つめていた。

「では、美晴」

しかし、二つの指輪を一緒《いっしょ》にしまうのだという美晴の予想は外れた。いったい何を思ったのか、アーサーが突然、革紐のついた『花嫁の指輪』を美晴の首にかけたのだ。

「交換《こうかん》したな？」

「……交換？」

しばし瞬《まばた》きを繰《く》り返した後、美晴は頭を傾《かたむ》けた。

「なにを？」

「指輪をだ。確かに美晴と私とで交換した」

それは、今の意味不明な出来事のことを指しているのだろうか。

確かに美晴は手の上に載せられた『王の指輪』を、言われるがままにアーサーに返した。

アーサーは、一度は取り戻した『花嫁の指輪』を今また美晴に返している。

それが「交換」したことになるのなら、確かにしたのだろう。だが、それがなんなのか。

「その指輪は形見の品なのだろう。美晴が持っているといい。私はもういらない」

「い……っ」

──いらない……!?

あまりに理不尽《りふじん》な言い様に、美晴は思わず噛み付いた。

「なんですか、それ。人がせっかく決心したのに、いらないってどういうこと!?」

「気が変わった。その指輪は私の望む形で手に入れる」

「そんな勝手な……！　あなたの望む形なんて、わかりません」

「美術館で話しただろう。『ロイヤル・ロマンス』の伝説を」

アーサーは楽しげに『王の指輪』を指先でくるりと回転させた。

「私は美晴から『王の指輪』を受け取った。美晴は私から『花嫁の指輪』を受け取った。指輪の交換は成立し、後は伝説としての『ロイヤル・ロマンス』を実証するだけだ」

「……は？」

美晴はぽかんと口を開けた。

なにを言っているのだろう、この人は。言葉はわかるが、意味が理解できない。

「わかりやすく言うと、私が『花嫁の指輪』を手に入れるときは、美晴ごとだということだ。

──こういう意味で」

ちゅ、と唇を啄《ついば》まれ、美晴はよろめくように後退《あとずさ》りした。

「……あり得ない」

「いや。脈はあるはずだ」

アーサーが妙《みょう》な自信を窺《うかが》わせて断言するものだから、美晴は目が回るほど首を振《ふ》らなければならなくなった。

「ないです、全然！　それ以前に男同士で伝説もなにも……っ」

「性別が気になるか？　私は美術品のコレクターでもあるんだが、同性同士の関係などその世界では珍《めずら》しいことじゃない。美に従事する人間は美に一番の価値を置く。常識や性別などは二の次だ」

それにイギリスには異性間夫婦《ふうふ》とほぼ同じ権利を同性カップルに保障するパートナーシップ法がある。

「イギリスやあなたが気にしなくても、俺は気にします。そういうの、嫌《いや》ですから」

「そうか。困ったな。そう嫌がられると、逆にやる気になるんだが」

「ならないでください！　人の嫌がることはしない、これは万国《ばんこく》共通の常識でしょう」

「泥棒《どろぼう》に常識を求めても無駄《むだ》だ。そんなに嫌なら自力で阻止《そし》すればいい」

阻止？　美晴の耳がぴくりとする。

「自分が贈《おく》った『王の指輪』を自分の手で取り返せばいいんだ。それで指輪の交換は無効になる。もっとも、そう簡単に取り戻《もど》させはしないが」

アーサーが口元でにやりと笑んだ。とんでもない提案だ。世界中の警察を翻弄《ほんろう》する魔術師《まじゅつし》のような泥棒から『王の指輪』を盗《ぬす》んでみろと、彼はそう言っているのだ。

受けて立つ――と、言いたいところだが、唇をぎゅっと噛《か》み締《し》めて美晴は微《かす》かに首を振った。

「そんなの無理です。できるわけない」

「やってみなければわからないだろう？」

自分で追い詰《つ》めたくせに、彼は励《はげ》ますように美晴の頭を撫《な》でてきた。髪《かみ》を滑《すべ》った右手が、そのまま流れてそっとうなじに添《そ》えられる。

「無理強《むりじ》いをする気はない。ただ、盗む気がないなら伝説の実証に同意したとみなすが」

「なんでそんなに自分勝手なんですか！　俺、嫌だって言ってるでしょ⁉　どっちも絶対に嫌です。無理です」

「無理なものか。さっきは私を受け入れていただろう」

幾重《いくえ》にも重ねた拒絶《きょぜつ》の壁《かべ》を指先ひとつで撥《は》ね飛ばすように、アーサーがさらりと妙なことを言った。身に覚えのない美晴は、むっとして否定する。

「変なこと言わないでください。そんなこと、してません」

「いや。していた」

「なにを根拠《こんきょ》に……っ」

「根拠はキスだ。嫌がっていなかっただろう。抱き締めても逃《に》げなかった」

「それは……！」

さっきのあれが人生初のキスだったことに思い至り、頬がかぁっと熱くなった。

優《やさ》しく触れてきた唇の感触や温もりがにわかに蘇《よみがえ》る。それを心地《ここち》良く受け止めていたことまで思い出してしまい、美晴は必死に首を振った。

「さっきは不意打ちだったし、頭が混乱していたから最初はなにをされたのか気づかなかったからで……っ」

だから抵抗《ていこう》を忘れていただけだ。アーサーを受け入れたわけではない。そう必死に言い募《つの》ると、目の前で形のいい眉《まゆ》が動いた。

「納得《なっとく》できないな」

いつの間にか間近に秀麗《しゅうれい》な面が寄せられていた。距離《きょり》の近さに頭を引いたら、うなじに触《ふ》れていた手に後頭部を包み込まれ、逆に引き寄せられてしまい、

「どうせなら、もう一度試《ため》してみよう」

いかにも楽しげな弧《こ》を描《えが》いた唇《くちびる》に、自分のそれを塞《ふさ》がれた。

「……！」

張り詰めたまま落ちつくことを許されずにいた神経は、ここに到《いた》ってとうとう狂《くる》ったようだった。

唇同士が触れただけで熱い痺《しび》れに飲み込まれ、美晴はそれ以外の一切《いっさい》を知覚できなくなってしまう。

今度は、触れるだけのキスではなかった。角度を変えて何度も触れて、上下の唇をそれぞれ啄み、尖《とが》らせた舌先が合わせ目をなぞってそこを開かせようとする。

「……っ、んぅ……っ」

きつく吸われ、びくりと肩《かた》が竦《すく》んだ。痛いほどの刺激《しげき》が止《や》んで、痺れた唇をアーサーの舌先

が撫でていく。その溶《と》け落ちそうな感触《かんしょく》に唇が自然に綻《ほころ》ぶと、すかさず口内に熱い舌が入り込んできた。

「……っ⁉」

ざあっと全身に鳥肌《とりはだ》が立った。嫌悪《けんお》ではなくただ驚《おどろ》いて、アーサーを突《つ》き放そうとその胸に拳《こぶし》を打ちつける。

一瞬《いっしゅん》触れ合った舌先の感触。怯《おび》えて舌を引っ込めたら、上顎《うわあご》をくすぐられて鼻にかかった声が出た。自分でも驚くような甘い声だ。恥《は》ずかしくて、決死の覚悟《かくご》で侵入《しんにゅう》してきた舌を押し出そうとしたら、待ち構えていたように搦《から》め捕《と》られた。

「……ぅ、んん……っ」

ねっとりと絡んだ舌を吸われ、身体《からだ》に何度も電流が走った。抵抗を忘れた美晴の口腔《こうこう》は好きなように掻《か》き乱されて、優しく、容赦《ようしゃ》なく陵辱《りょうじょく》される。

知らない熱が身体中に満ちて、頭の芯《しん》までぼうっとした。突き放そうとしていたはずの両手はいつしかアーサーの胸に縋《すが》り、震《ふる》えていた膝《ひざ》がかくんと崩《くず》れ、抱《だ》きとめられた身体をそっとソファへ横たえられた。

「は、ぁ……」

「ほら、嫌がっていない」

背中に感じた弾力《だんりょく》と笑い混じりの囁《ささや》きが、ふわふわとどこか遠くを漂《ただよ》っていた意識を小さく弾《はじ》いた。服の上から確かめるように身体の輪郭《りんかく》を辿《たど》った手がカットソーの中に入り込む。

「っ、や……！」

直接肌《はだ》に触れられて、美晴ははっと我に返った。伸《の》し掛《か》かってくる男を驚愕《きょうがく》に見開いた目で見上げると、相手は小さく笑ってわき腹をするりと撫で上げた。その感覚に身が竦む。

「……ぁっ、やだ、なに……？　なにし、て……」

「さあ、なんだろうな。初めてで、わからないか……？」

わからない。いや、わかりたくない。

しかし熱を帯びた身体の変化が否応《いやおう》なく現実を突きつけてきた。

「——っ……！」

それを自覚した途端《とたん》、熱に潤《うる》んでいた美晴の瞳《ひとみ》が凍《こお》りついた。

アーサーにキスされ、肌に触れられて身体が反応し始めている。美晴はそんな変化を見せた自分の身体が急に怖《こわ》くなった。これ以上触れられたら、どうなるかわからない。

「やだ、こんな……っ、放して……！」

気づけば大きなソファの上に完全に組み敷《し》かれていて、美晴はなんとかアーサーの下から逃《のが》れようと暴れ始めた。

とっくに気づかれているとも知らず、自身の小さな変化を隠《かく》そうとして懸命《けんめい》に身を捩《よじ》る。羞《しゅう》恥《ち》に泣き出しそうなほど潤んだ瞳が見るものの嗜虐心《しぎゃくしん》を煽《あお》り、必死の抵抗がアーサーの目には悩《なや》ましい身悶《みもだ》えのように映っていることなど、美晴は知るよしもない。

「まるで罠《わな》にかかった兎《うさぎ》だな」

た。

「もう捕《つか》まっているのに、嫌がって跳ねて、ますます雁字搦《がんじがら》めになる」

そんなふうに扱《あつか》うのも楽しそうだが、と美晴を上から強く押さえ込みアーサーが口づけてき

た。

身体を拘束《こうそく》した上で強引《ごういん》に唇を奪《うば》っておきながら、それは優しいキスだった。さっきのように知らなかった官能を無理矢理引き出すものではなく、触れたところを端《はし》から溶かしていくような穏《おだ》やかで甘美《かんび》な口づけだ。

陶然《とうぜん》とさせられて、身体の力が抜《ぬ》けていった。こんなキスなら、まだ受け入れられる。けれど、これ以上は無理だ。身体は感じて熱を孕《はら》んでも、心が怯えてしまっている。

「まだ美晴には早過ぎるか」

最後にあやすように額にキスして、アーサーがゆっくりと身を離《はな》した。

「だが、これでわかっただろう？」

なにを言われたのか、よくわからない。呼吸を乱し、脱力《だつりょく》した身体を逞《たくま》しい腕《うで》に抱き起こされて、美晴はぼうっとアーサーを見上げた。キスのせいで赤く濡《ぬ》れている唇を彼の親指に拭《ぬぐ》われる。その刺激に羞恥心《しゅうちしん》を呼び覚まされて、美晴はぎゅっと身を縮めた。

「確認《かくにん》が済んだところで、ゲームを始めようか」

「ゲー、ム？」

我に返れば相手の顔など見られない。顔を伏《ふ》せた美晴は目だけを動かし、アーサーを窺《うかが》った。

「私は『ロイヤル・ロマンス』を実証したい。だが美晴は阻止したいと思っている。美晴の帰国は来週の土曜日だ。その前日、金曜日の二十四時までに美晴が私から『王の指輪』を盗《ぬす》むことができたら、私は『ロイヤル・ロマンス』を指輪としても伝説としても諦《あきら》めよう。二つの指輪は進呈《しんてい》する。自分のものにするなり、美術館に返還《へんかん》するなり好きにするといい」

だが、とアーサーは言葉を継《つ》いだ。

「できなかったら、美晴はその夜、指輪ごと私のものにする」

いいね、と決めつけられて美晴は慌《あわ》てて顔をあげた。恥ずかしがっている場合ではない。

「そんな、勝手に決めないでください……！」

「代案があるなら検討するよ」

「代案って……っ、だから、あなたがこの指輪を黙《だま》って受け取れば解決でしょう」

「指輪だけならいらないと、さっきから言っているだろう。それに私は泥棒《どろぼう》だ。欲しいものは自分のやり方で手に入れる。譲《ゆず》られるのではなく、ね」

「そんな……っ」

反論しようとし、しかし続く言葉を見つけられずにおろおろしている美晴の頬《ほお》を、アーサーは手の甲《こう》ですっと撫でた。

「代案はないようだな。それなら、ゲームスタートだ」

3

語学研修の授業は九時から始まり、十三時に終了《しゅうりょう》する。

その後、様々な国からやってきたクラスメイト達とカフェテリアで軽い昼食を取りながら交流を深めていくのも、研修プログラムの一環《いっかん》だ。

その日もできたてほやほやの友人達とランチを済ませて帰ってきた美晴は、居間のソファで転《うた》た寝《ね》をしているアーサーを見つけて足を止めた。

——わ……。

白い頬にアッシュブロンドの髪《かみ》が流れ落ち、高い鼻梁《びりょう》が片頬に影《かげ》を落としていた。どこか酷《こく》薄《はく》な印象を与《あた》える薄《うす》い唇は呼吸を止めたように静かに結ばれ、鋭《するど》い光を放つ双眸《そうぼう》は白い瞼《まぶた》の向こうに隠されている。まるで彫像《ちょうぞう》のようだが、そうしていると彼の高貴さが一層際《きわ》立《だ》つかのようだ。

——これでどうして中身がああなんだろう。

半ば見惚《みと》れ半ば呆《あき》れながら、このチャンスを逃《に》がさないようにそうっと室内に踏《ふ》み込んだ。

美晴が盗むべきターゲット、『王の指輪』は常にアーサーの左胸のポケットに入っていることになっている。けれど、ふざけたゲームが強行されてからこの三日、美晴は指輪を盗むどころか、ポケットに触れることにさえ一度も成功していなかった。

アーサーは彼の定位置である一人掛けのソファに身を沈《しず》めていた。右手は肘掛《ひじか》けに頰杖《ほおづえ》をつき、左腕《ひだりうで》は反対側の肘掛けに預けられている。胸の辺りはがら空きだ。

美晴は足を忍《しの》ばせて、一人掛けにしては大き過ぎるソファの後ろへと回り込んだ。

アーサーにとってこのゲームは単なる遊びでも、美晴は違《ちが》う。アーサーが、遊び感覚で同性相手にあんなキスのできる男である以上、負ければ冗談《じょうだん》でなく貞操《ていそう》の危機なのだ。

――まだ、寝《ね》てる……？

優美な曲線を描《えが》くソファの陰《かげ》から身を乗り出して規則正しい寝息《ねいき》を確認し、四《よ》つん這《ば》いになって肘掛けの陰を這《は》い進む。アーサーの眠《ねむ》りを妨《さまた》げないよう、そろりと慎重《しんちょう》に身を起こすと、

――……あった。

ポケットの隙間《すきま》から覗《のぞ》く金色の輝《かがや》きを確認した。

いまだ眠るアーサーの胸へと、緊張《きんちょう》しながら美晴は指を伸ばしていった。指が空を進む間もちらちらと白皙《はくせき》の寝顔《ねがお》を確認したが、彼が目覚める気配はない。

いけるかもしれない。

指先がついにポケットの縁《ふち》に触《ふ》れ、そんな期待が芽生えた瞬間《しゅんかん》、

「うわっ……!?」

ぐるりと視界が回転した。眠っていたはずのアーサーに足を払《はら》われたのだ。バランスを崩して転倒《てんとう》しかけた美晴の身体を待ち構えていたように抱きとめて、彼は間近でにやりと笑った。

「お帰り」

「……っ」

また失敗だ。気づかれた。いや、たぶん彼は最初から寝たふりをしていたのだ。

簡単にあしらわれた悔《くや》しさに美晴は唇《くちびる》を噛《か》み締《し》めた。けれど、ここで拗《す》ねて無視をするのはあまりに子供じみている。

「……ただいま、帰りました」

口の中でぼそぼそと答えると、意地悪が楽しくて仕方がないというようにアーサーが喉奥《のどおく》でくっと笑った。

『単純だな、美晴。ペナルティだ』

美晴ははっとして両手で口元を押さえた。日本語でお帰りとアーサーが言ったから、つられてしまったのだ。

ずるい……っ。

またもや出掛《でか》かった日本語を危《あや》ういところで飲み込んだ。指輪と日本語。二段構えの罠だったことに、引っかかってから気がつく自分の鈍《にぶ》さが憎《にく》い。彼にとって、どれほど自分は容易いのだろう。想像すると頭が沸騰《ふっとう》しそうだ。

この屋敷《やしき》に滞在《たいざい》するにあたり、美晴とアーサーは幾《いく》つかルールを定めていた。

朝食は美晴が用意し、夕食はアーサーが担当すること。美晴が一人で外出する場合は、外が明るくても門限は十九時。その他《ほか》にも幾つかルールを決めていたが、その中に、日常会話は英語で行うこと、というものがある。

指輪に関する込み入った話をするときや、アーサーが許可した場合は日本語の使用を許されるけれど、それ以外の会話はすべて英語だ。ホームステイは語学研修の一環なので、美晴もそのことに異存はなかった。

しかし、このルールには続きがあった。許可なく日本語を使うとペナルティを取られ、なにか一つアーサーの言うことを聞かなければならないという理不尽《りふじん》なものだ。

『さて、なにを命令しようか』

『あの、それより放してください』

抱《だ》き留められた姿勢のまま、美晴はぎこちなく身を捩《よじ》った。バランスを崩《くず》した苦しい体勢から自由になりたいこともあるが、それ以上にアーサーから離れたかった。自分から近づくぶんには構わないけれど、近づかれるのは妙《みょう》な緊張を強《し》いられるから嫌《いや》なのだ。アーサーはそれを知っていて、暴れる美晴を押さえ込む腕に意地悪く力を込めてくる。

『今日の予定は』

『昨日と、一緒《いっしょ》です……っ』

本格的に苦しくなってじたばたしている美晴を余所に、アーサーは小さく頷《うなず》いた。

『つまりご両親の足跡巡《そくせきめぐ》りと骨董《こっとう》店探しか。今日はカムデン・パッセージへ行ってみよう』

カムデン・パッセージはロンドンの古美術街のひとつだ。

ぎくりとして美晴は身動きを止めた。

『また一緒に来るつもりですか』

『ペナルティを取られた以上、美晴に拒《こば》む権利はない。連れて行ってもらうよ』

『ぅー……』

言い返せずに低く呻《うめ》く。

『反抗的《はんこうてき》だな。そんなに嫌なら、この間のキスの続きに変更《へんこう》してもいいが』

あっという間に身体《からだ》の位置を入れ替《か》えられ、ソファに背中を押し付けられた。

「うわ、ちょ、待って……！」

『ペナルティ、二。おやすみのキスにでも取っておこうか？　それとも今纏《まと》めて支払《しはら》うか』

『つ、連れてく！　待って、待って、連れて行くからっ』

放して、と足をばたつかせて抗《あらが》う美晴に、二つ目のペナルティを気にする余裕《よゆう》などなかった。笑いながら覆《おお》い被《かぶ》さってくるアーサーを押しのけるのに必死だ。しかし、

『――埃《ほこり》が立つんですが』

突如《とつじょ》割り込んできた冷淡《れいたん》な声に、じゃれあいのような攻防戦《こうぼうせん》が停止した。残念、と身を起こしたアーサーの向こうに、胸の前で腕《うで》を組んだレイが不機嫌《ふきげん》そうに立っている。

『すまないな、レイ。少々遊びが過ぎたようだ』

『ええ、本当に。そろそろご自分の立場を理解して、それらしく振《ふ》る舞《ま》って頂きたいものです』

『悪かった。そう怒《おこ》るな』

苦笑《くしょう》して執《と》り成すアーサーを、文句を言いながらもレイは既《すで》に許してしまっているようだっ

た。彼らは軽口の応酬《おうしゅう》をしながら、言葉などより深い部分で通じ合う、他者の入り込めない親密な空気を醸《かも》し出している。

美晴は疎外感《そがいかん》を覚えたが、よくあることなので、あまりそれを気にしないようにしながら乱れた髪や服を手早く直した。居住まいを正して顔をあげると、ふいに振《ふ》り返った銀灰の瞳《ひとみ》と計らずも真正面から目が合ってしまい、びくりと肩《かた》が揺《ゆ》れる。

『あ、あの……煩《うるさ》くして、すみませんでした』

弾《はず》みとはいえ、こんなにしっかりと視線が絡《から》むのは初めてのことで美晴は動揺《どうよう》した。それは相手も同じだったらしく、たどたどしく謝った美晴にレイは戸惑《とまど》った表情を向けてくる。

――ど、どうしよう。

お互《たが》い完全に視線を外すタイミングを失っていた。焦《あせ》った美晴はどうするべきかと迷った末に、にこりと笑いかけてみる。

『……』

レイは眉《まゆ》をかすかに歪《ゆが》めた。不機嫌というより当惑《とうわく》したようにしばらくこちらを見ていたが、やがて引き剝《は》がすように顔ごと美晴から目を背《そむ》け、紅茶の準備に取り掛《か》かった。

『そこは早めに克服《こくふく》してもらいたいものだな』

小さく笑ったアーサーの、レイに向けた言葉の意味はわからない。けれど、結果的に無視される形になったとはいえ、美晴はそんなレイの態度を以前ほど気にしていなかった。

アールグレイの豊かな香《かお》りが優雅《ゆうが》に室内に広がっていく。

テーブルには紅茶のほかに、ケーキやビスケット、ジャムやクリームを添《そ》えたスコーンなどを載せたケーキスタンドが置かれていた。すべてレイが用意したものだ。

以前からそうだったのか、美晴がいるのでそうしてくれているのかは不明だが、語学学校から帰ってくると三人でお茶を飲むのが習慣になりつつある。外から帰って誰かと話したりお茶を飲んだりするなんて母を亡《な》くして以来のことなので、美晴にとってこの時間は貴重で嬉《うれ》しいものだった。

それにアーサーとレイがほとんど手をつけることのないお茶菓子《がし》は、おそらく美晴のために用意されたものだ。そんな気遣《きづか》いに触れてから、レイに対する苦手意識が薄《うす》らいだ。

美晴はレイに好かれてはいないけれど、そんなには嫌《きら》われていないのかもしれない。

帰国するまでに少しずつ距離《きょり》を縮められたらいいなと、そんなことを考えながら美晴は紅茶を一口含《ふく》み、フルーツタルトを摘《つま》んだ。

『この後、カムデン・パッセージへ行ってくる』

今後の予定をレイに尋《たず》ねられ、カップを受け皿に戻《もど》しながらアーサーが答えていた。

彼はその日最初のペナルティに、なぜか必ず足跡巡りへの同行を求めてくる。

ロンドン在住のアーサーがトラファルガー広場やナショナル・ギャラリー、すぐ近くのバッキンガム宮殿《きゆうでん》やウェストミンスター寺院などを見て楽しいのかは甚《はなは》だ疑問だが、一人で回るより心強いのは確かだ。

見知らぬ外国の街という心細さのせいもあるけれど、誰かが傍《そば》にいてくれると精神的に追い詰《つ》められずに済むのが有難《ありがた》かった。アーサーが隣《となり》にいると、彼のことを警戒《けいかい》したり指輪のことを意識するので、一人でいたら両親のことだけで苦しいほど一杯《いっぱい》になるはずの心の中に丁度いいくらいの隙間ができる。そのおかげで、ガードナー・コレクションの回廊《かいろう》でのときのように思い詰めずに済んでいた。

『着替《きが》えを済ませたら車を回す。その間に出かける準備をしておくこと』

カップを空にしたアーサーが指示を出して立ち上がる。頷いた美晴はレイを手伝ってティータイムの後片付けをし、ついでに朝食の下準備を済ませてロンドンの街へ出かけていった。

*

「どこなんだろう……。ロンドンじゃないのかなぁ」

溜息《ためいき》と共に美晴は弱音を漏《も》らした。

この三日間、セント・ポール大聖堂や大英博物館、V&A博物館などの観光名所を回ると同時に、美晴は母が『花嫁《はなよめ》の指輪』を見つけた骨董店を探していた。

店の名前はアリアといい、こぢんまりとした雑貨屋のような小さな店だったらしい。

しかし方々の骨董街を回ったという両親は、肝心《かんじん》の店の場所を覚えていなかった。

店の名前とわずかな手掛《てが》かりを頼《たよ》りに、一昨日はセント・ジェームズ、昨日はメイフェアの骨董街を探し歩いたが、アリアは見つからなかった。

アーサーがその人脈を駆使《くし》して老舗《しにせ》の高級古美術商から街の小さな骨董店、果てはオークションハウスの宝飾《ほうしょく》部門の人間にまで問い合わせてくれたというのに、アリアに関する情報はまったく摑《つか》めずにいる。

カムデン・パッセージでも結果は同じだった。

両親の足跡巡りに関しては、他《ほか》のどの観光名所よりガードナー・コレクションの中庭と、その骨董店へ行ってみたいと美晴は望んでいたのだけれど、このままではどちらも難しそうだ。ガードナー・コレクションはホーク・アイの事件以来いまだに立ち入り禁止だし、アリアという骨董店は所在どころか存在しているかさえわからない。

「まだ三日目だ。そのうちきっと見つかるさ」

肩を抱くようにして慰《なぐさ》められて、アーサーの励《はげ》ましが心に沁《し》みた。もしかしたら自分が一々こんなふうに落胆《らくたん》するから、彼は足跡巡りに付き合ってくれているのだろうか。もしそうなら、アーサーは様々な面において常識的ではないし、優《やさ》しいだけの人でもないけれど。

――温かい人では、あるのかもしれない。

俯《うつむ》けていた顔を上げると、食事に行こうとアーサーが美晴の肩をぽんぽんと叩《たた》いた。

「空腹では気が滅入《めい》るだろう？　ロンドンにはいいレストランが結構ある。旨《うま》いものならフレンチ、イタリアン、中華《ちゅうか》に和食。インド料理にタイやギリシア、アフリカ辺りのエスニック料理もある。……肝心のイギリス料理については、自信をもって勧《すす》められないが」

最後の言葉に美晴はくすりと笑った。美晴の中でもイギリス料理には美味《おい》しそうなイメージはないし、名物といえばフィッシュ&チップスにローストビーフ、あとはイングリッシュ・ブレックファストくらいしか思いつかない。

「なにがいい」

美晴は少し考えた。フランス料理は敷居《しきい》が高いし、和食は自分で作れば済む。陽気なイメージのイタリアンやエスニックも今の感覚とはちょっと違《ちが》う。

「せっかくロンドンにいるんだから、イギリスの料理がいいです」

「……そのリクエストは難しいな」

アーサーが困ったように眉を顰《ひそ》めてみせたけれど、瞳の奥は楽しげだ。夕食担当のアーサーは料理ができないので外食になるのだが、彼の選ぶレストランは気負うことなく寛《くつろ》げて、料理の美味しい店ばかりだった。色んな店を知っているようだから、美味しいイギリス料理という注文にも本気で困ることはないだろう。

そして美晴の思った通り、彼は迷うことなく目的地に向けて車を走らせた。

アーサーが連れていってくれたレストランの料理はとても美味しくて、帰りの車窓から見たロンドンの夕映《ゆうば》えは美しかった。こちらの夏は日没《にちぼつ》が遅《おそ》く、八時を過ぎてもまだ明るい。

沈《しず》んだ気持ちが穏《おだ》やかに浮上《ふじょう》し、帰宅する頃《ころ》には美晴は元気を取り戻していた。

『お帰りなさい』

九時過ぎになって屋敷《やしき》に戻ると、書類やファイルを抱《かか》えたままレイがホールへ出てきた。普《ふ》段《だん》レイは大抵《たいてい》六時に帰宅するのに、まだ仕事をしていたらしい。

それを見たアーサーの周囲で、空気がすっと色を変えた。

『なにかあったのか。連絡《れんらく》はなかったようだが』

『ええ、少しお話が。ホーク・アイの仕事を一つ減らせるかもしれません』

そう応じたレイの言葉に、美晴の全身を動揺の波が走った。

──ホーク・アイ!?

『どうした？　美晴』

『い、今、ホーク・アイって。レイさん、あなたのこと、知って……？』

美晴は焦って二人を忙《せわ》しなく見比べた。

これまでレイがアンティーク・ジュエリーや怪盗《かいとう》について話したことは一度もなく、『王の指輪』盗難《とうなん》事件の続報がニュースで流れても眉一つ動かさずに黙殺《もくさつ》していた。怪盗などというくだらないものには興味がないという態度だったから、レイはホーク・アイの正体を知らないのだと美晴は思い込んでいた。

『最初に言っただろう。レイは私の優秀《ゆうしゅう》なアシスタントだ。公私共にね』

公私共に。それは投資家としても美術品のコレクターとしても、そしてホーク・アイとしても、レイはいいパートナーだということなのか。つまり、あらゆる分野で──？

私の優秀なアシスタント。その言葉にレイの表情が微《かす》かに誇《ほこ》らしく綻《ほころ》ぶのがわかった。目を見交《みか》わす彼らの間にまたあの親密な空気が流れたけれど、もう美晴は驚《おどろ》かない。

――……知ってたんだ。

どこか空虚《くうきょ》な寂《さび》しさが胸に広がった。なんだろう、この感覚は喪失感《そうしつかん》と少し似ている。

『報告を聞こう』

アーサーがレイに向き直ると、レイはふと思い出したように軽く首を傾《かたむ》けた。

『その前に、食事は済ませましたか？　急ぎとはいえ緊急《きんきゅう》ではないので、もしまだでしたらそちらを先に』

『私達は済ませたが』

レイは？　とアーサーが目で尋ねると、レイは腕一杯《うでいっぱい》の資料の山を抱えなおした。

『私のことはご心配なく。では早速《さっそく》ですが……』

そこから先は、美晴にはわからない専門用語の飛び交う仕事の話になった。軽く肩《かた》を竦《すく》めたアーサーに、自分たちのことは気にせず先に休むようにと言われたけれど、美晴はその場から動けなかった。ファイルや書類、カタログなどを見ながらオフィスとして使用している部屋へ足早に向かう二人の後ろ姿を、ぼんやりとして見送った。

「……馬鹿《ばか》みたいだ」

ぽつりと落ちた呟《つぶや》きがひどく虚《うつ》ろにホールに響《ひび》いた。

なぜだか美晴は、自分だけがアーサーの秘密を知っていると思っていた。けれど、そうじゃなかった。少し考えればわかりそうなものだ。出会って間もない自分が知っているのだから、アーサーに信頼《しんらい》されているレイが知らないはずはないのに。

アーサーは、レイは公私共に優秀なアシスタントだと言った。公私、とあえて言うからには、ホーク・アイにとってもそれは同じなのだろう。

レイはアーサーに高く評価され、必要とされている。それを誇らしく思っている。

さっき見た、心を許したように綻ぶレイの笑顔《えがお》が蘇《よみがえ》った途端《とたん》、胸にちくりと刺《さ》すような痛みを感じた。

――なんで……？

美晴は少し驚いて、痛んだ胸に手を当てた。なぜこんな気持ちになるのかよくわからないけれど、せっかく浮上した気分がまた鉛《なまり》を飲んだように重く沈みかけているのは確かだ。

「……も、寝《ね》ちゃおうかな」

美味しい食事と綺麗《きれい》な景色《けしき》でせっかく元気を取り戻《もど》したのだ。また暗い気分になる前に、いいことだけを抱《だ》いて眠《ねむ》ってしまおう。学校の課題は明日の朝、早起きして片付ければいい。

そう思い、とりあえず帰りがけに買ってきたサンドイッチ用のローストビーフをしまおうとキッチンへ足を向けた美晴は、冷蔵庫を開けた瞬間《しゅんかん》、遅まきながらある違和感《いわかん》に気がついた。

『――私のことはご心配なく』

アーサーが食事のことを目で尋《たず》ねたとき、レイは曖昧《あいまい》に受け流した。イエス・ノーのはっきりした彼にしては珍《めずら》しいことだ。

食事を済ませたならそう言うだろうし、まだなら——きっと、それについては答えない。ということは、レイは食事をする暇《ひま》もないほど忙《いそが》しく働いていたことになる。

——もしかして、俺がアーサーを骨董店《こっとうてん》探しにつき合わせているから……？

きっとその分のしわ寄せがすべてレイにいっているのだ。本来二人で片付けていた半日分の仕事を、この三日、レイは一人でこなしている。

そうと気づき、美晴は罪悪感で一杯《いっぱい》になった。

レイが二人分の仕事を一手に引き受けているときに、自分はアーサーに慰められてレストランで食事をしていたのかと思うと、たまらない恥《は》ずかしさがこみ上げた。その挙句、勝手な思い込みが間違《まちが》っていたからといって不貞寝《ふてね》を決め込もうとしていたのだ。

「……どうしよう」

美晴はオフィスの方を振《ふ》り返った。ここからではレイの姿は勿論《もちろん》、オフィスも見えない。落ち着かない気持ちで腕時計《うでどけい》に目を落とすと、時刻はそろそろ九時半になろうとしていた。


『……あの、』

銀灰色《ぎんかいしょく》の瞳《ひとみ》を、こんなに間近で見るのは初めてかもしれない。

美晴は、ともすれば後退《あとずさ》りそうになる足をなんとか踏《ふ》みだし、アーサーの許可を得てレイのデスクの傍《かたわ》らに立った。

初対面ではこちらを見ようともしなかったし、その後も美晴とレイとの間にはアーサーがいたりテーブルがあったりで、いつも一定の距離《きょり》があった。

オフィスに入るのも初めてだが、レイの傍《そば》に立つのもこれが正真正銘《しょうしんしょうめい》、初めてだ。

緊張《きんちょう》して、手のひらに汗《あせ》が滲《にじ》んだ。つと寄せられた眉根《まゆね》の感じが迷惑《めいわく》そうに見える。でもまだ、言葉ではっきり迷惑だと言われたわけではない。そう自分を励《はげ》まして、おずおずとトレイを差し出した。

『あの、もしよかったら……』

トレイの上にはフルーツを添《そ》えたフレンチトースト、温野菜のサラダと薄《うす》切《ぎ》りのローストビーフ、それにスープとミネラルウォーターが載っている。組み合わせの是非《ぜひ》はともかく、ローストビーフを買っておいたのは正解だった。明日の朝食用にと、スライスしたバゲットを全部ソースに漬《つ》け込んでしまったのは失敗だったかもしれないが。

『……』

観察するような目がじっとこちらに注《そそ》がれる。この目が美晴は苦手だった。心の内側を隅々《すみずみ》までスキャンされているような気がして怖《こわ》いのだ。

——この人、ほんとに猫《ねこ》みたいだ。

気位の高い、簡単には人に懐《なつ》かない血統書つきの高級な猫。

そういう猫は、信用していない人間の手から餌《えさ》を食べたりはしなさそうだ。レイは猫ではないけれど、認めていない人間の作ったものなど食べられないと言うかもしれない。

——余計なお世話だったかな……。

そう思って美晴が目を伏《ふ》せかけたとき、

「……あ、」

急に両手が軽くなった。レイが美晴からトレイを取り上げたせいだ。それをデスクの上に置いてカトラリーを手にすると、無言、無表情のままレイが一口大に切り分けたフレンチトーストを口に運び始めた。

——嘘《うそ》……。食べてる。

美味《おい》しいとも不味《まず》いとも言わないけれど、食事の手を止めないところを見ると味に問題はないようだ。

しばらくぽかんとその様子を見つめていたが、次第《しだい》に引いていく驚きと入れ替《か》わりに喜びがじんわりと広がっていった。

「あ、あの！　俺、紅茶淹《い》れますね」

嬉《うれ》しさに舞《ま》い上がり、うっかり日本語が飛び出した。もっとも無意識だったので、飛び跳《は》ねるような足取りでティーワゴンへ向かう美晴に日本語を使ったという自覚はなかった。

「美晴、ペナルティ五十」

それまで黙《だま》って二人の様子を見守っていたアーサーが、妙《みょう》に平坦《へいたん》な口調で告げてくる。整理し終えたファイルを少々乱暴に棚《たな》に投げ出した彼を、美晴はきょとんと振り返った。

「え、どうして」

また無意識に日本語で応じ、

「ペナルティ百」

「なんで倍⁉」

抗議《こうぎ》してもアーサーは取り合ってくれなかった。開いたカタログに目を落としたまま、こちらを見ようともしない。美晴にはよく見せる意地の悪い表情も、いつも浮《う》かべている真意の見えない微笑《ほほえ》みも、その秀麗《しゅうれい》な顔から消えていた。そうして表情がなくなると整いすぎた横顔はいかにも作り物めいて見えるのに、彼の機嫌《きげん》の悪さだけはひしひしと伝わってくる。

こちらを無視するアーサーに美晴が困惑《こんわく》していると、

『言っておきますが、不可抗力《ふかこうりょく》です』

アーサーに向けてレイが肩を竦めてみせた。

アーサーの眉《まゆ》がぴくりとする。一瞬《いっしゅん》だが、眉間《みけん》に深い皺《しわ》が刻まれたのを美晴は見た。レイも見逃《みのが》さなかったらしく、困った人だと笑い混じりに呟いている。美晴には訳が分からないが、彼らの間では意思の疎通《そつう》ができているようだ。

また、だ。

美晴はぎゅっと手を握《にぎ》り締《し》めた。

急な疎外感《そがいかん》に居場所を失うこの感じ。アーサーとレイの間にだけ流れる特別な空気。二人だけにしかわからない、なにか。

ティータイムのときもそうだった。さっきの玄関《げんかん》ホールでも。

それが現れるとき、美晴は必ずその場の空気から弾《はじ》き出されてしまうのだ。

仲間はずれにされた子供のように寂《さび》しさを持て余していると、アーサーがじろりと斜《なな》めにこちらを見た。

「言っておくが、美晴。私は欲が深い。余所見《よそみ》をされるのは我慢《がまん》がならない」

名前を呼び、日本語を使ったからには、それは美晴に向けた発言のはずだ。けれど彼がなにを言わんとしているのか、美晴にはさっぱりわからなかった。レイはわかっているようなのに。

「そういうことだからペナルティとして、明日は学校でランチを取らずに出てくるんだ。一時に迎《むか》えにいく。その後、オークションに付き合うこと」

なにがそういうことで、なにに対するペナルティなのか。

さっきから一人だけ話が通じず当惑《とうわく》していた美晴は、けれどアーサーの口にしたある単語に強く興味を引かれて反発するのを忘れた。

「──オークション？」

鸚鵡《おうむ》返《がえ》しの問いかけにYesとアーサーが頷《うなず》いた。

返事が英語になったのは、日本語使用禁止の合図だ。この流れだと意地悪をされている気がしないでもないが、ここにはレイもいるのだし、日本語で話せば内緒話《ないしょばなし》のようになってしまう。

内緒話や仲間はずれは、されるのは勿論、するのも相当嫌《いや》なものだ。

美晴は英語で問いかけ直した。

『明日、オークションに行くんですか？』

『そうだ。探し物が見つかった』

開いたカタログと印刷したばかりの画像をデスクの上に並べ、アーサーは指先を動かして美晴を近くに呼び寄せた。

「わ、……すごい」

美晴は感嘆《かんたん》の溜息《ためいき》を漏《も》らした。

カタログのページには、いかにも王侯《おうこう》貴族が身に着けていたというような高貴なジュエリーが載《の》っており、二つの品に印がついている。

一つは一八六〇年代の、エメラルドの花芯《かしん》をダイヤモンドの花びらで取り巻いた華麗《かれい》な細工が美しく連なっているティアラ。

もう一つが、繊細《せんさい》な透《す》かし細工のプラチナにダイヤモンドと真珠《しんじゅ》だけをあしらった、腰《こし》まで届くほど長い首飾《くびかざ》りのソトワール。こちらは一九〇〇年代初頭の品である。

印刷した画像のほうは、蝶《ちょう》をモチーフにしたエナメルのブローチだ。

金の枠《わく》に縁取《ふちど》られた目の覚めるような青いプリカジュール・エナメルの翅《はね》に、細かなダイヤモンドの粒《つぶ》を散らし、大粒《おおつぶ》のムーンストーンをあしらった蝶だが、その胴体《どうたい》の部分はオパールで作られた女性の横顔になっている。アール・ヌーボーの幻想《げんそう》的な作品だ。

この三点を競《せ》り落とすつもりらしい。

『カタログにも下見会にも出ていない品だ』

印刷した画像のほうをアーサーがひらりと指先で翻《ひるがえ》した。

『明日のオークションに急遽《きゅうきょ》出品されることになったようだ。こんなことは滅多《めった》にないから危《あや》うく見逃すところだったが。――レイのおかげだな』

レイへ視線を送ったアーサーはもう機嫌が直ったのか、それとも不機嫌の対象が美晴に限定されているだけなのか、いつもの微笑を浮かべている。

『ブローチの落札予想価格は、三十万から三十五万ポンドとなっていますが』

ナプキンで口元を拭《ぬぐ》ったレイが、心持ちゆっくりとした英語で話しだした。聞き取りやすいようにと気を遣《つか》ってくれているのがわかって美晴は表情を明るくしたが、すぐ傍から伝わってくる空気の温度が下がったことには心持ち首を傾《かし》げた。

『明日のオークションに参加する著名なアール・ヌーボーのコレクターは、二名確認《かくにん》しています。彼らが競り合うことになれば価格はもう少し上昇《じょうしょう》しますね』

『五十万から五十三万辺りだろう』

その数字を日本円に換算《かんさん》した美晴は、小さなブローチが一億円を超《こ》えると知ってぎょっとした。慌《あわ》ててカタログを見直せば、ティアラとソトワールにはそれ以上の評価額がついている。

「三つとも、一個で億超えるの……？　ほ、ほんとに？」

『美晴、ペナルティ二百』

愕然《がくぜん》とした日本語の呟《つぶや》きを聞き咎《とが》め、アーサーがまたもや倍にした。

*

アーサーの「探し物」が出品される宝飾《ほうしょく》・工芸部門のオークションは二時に開始予定だ。

美晴は高鳴る胸を抑えつつ、パドル登録を済ませたアーサーと共にオークション会場へ向かっていた。

今日のアーサーは仕立ての良い上品なスーツに身を包んでいる。美術館で出会ったときもスーツ姿だったけれど、それは今よりずっとカジュアルなものだった。家では上質のものとはいえシャツにスラックスという砕《くだ》けた服装でいることが多いから、こんなふうに紳士的《しんしてき》な格好をされると知らない男性のようでどきどきする。そしてそれを自覚するたびに、どきどきしているのはアーサーにではなく初めて参加するオークションにだ、と何に対して意地を張っているのか自分でもよくわからないまま、美晴は心の中で一々訂正《ていせい》するのだった。

「あの、本当に俺みたいなのが来ても大丈夫《だいじょうぶ》なんですか」

ここは美晴でさえ知っている、世界的に有名なオークションハウスだった。ダイヤモンドの原石の塊《かたまり》が何百億円で落札されたとか、有名女優が映画で着用したドレスやアクセサリーに落札予想額の何十倍もの高値がついたとか、ニュースで話題になるような桁外《けたはず》れの金額が右から左へと動く世界だ。

そんなところへ自分のような庶民《しょみん》が入ってもいいのだろうか。気後《きおく》れする美晴の背中をアーサーが励《はげ》ますように軽く叩《たた》く。

「そんなに緊張《きんちょう》することはない。オークションには基本的に誰でも参加できるんだ。美晴が思うほど堅苦《かたくる》しい世界じゃない」

清潔できちんとした身なりであれば、普段着《ふだんぎ》で来ても構わないのだという。しかし、いくら清潔でもジーンズにスニーカーではまずかったようだ。

授業が終わってすぐ学校をでた美晴をアーサーは宣言通りに待ち構えていて、美晴を車に乗せると紳士服の専門店へ向かった。いつサイズを測ったのか、選び出されていた服は既《すで》に美晴に合わせて補正されており、試着してチェックを済ませると足元に新しい靴《くつ》が出てきた。言われるままに靴に爪先《つまさき》を入れると、今度はカフスボタンが出てくる。一連の流れには無駄《むだ》がなく、口を挟《はさ》む隙《すき》もなく、着せ替《か》え人形さながらに衣服をすべて取り替えられた。

おかげで美晴もスーツ姿である。スーツといってもビジネスマンがぴしりと着こなすようなものではない。良家の子息の礼装のような、エレガントでシルエットの美しいものだ。

「普段着でもいいって言ってたのに」

美晴は恨《うら》みがましくアーサーを見上げた。肌触《はだざわ》りも着心地《きごこち》も文句なくいいけれど、服に着られている感が否《いな》めず落ち着かなかった。いくら店員が褒《ほ》めてくれても、こんな上品な服が自分に似合うわけはないのだ。きっと周囲の人々も服と人とにちぐはぐな印象を抱《いだ》いているのだろう、ここに来てから妙《みょう》に視線を感じていた。

「綺麗《きれい》なものは磨《みが》きたくなるんだ」

「……は？」

「手持ちの宝石を他人に見せ付ける趣味《しゅみ》はないんだが、こういうこともたまにはいいな。なかなか気分がいい」

　時々アーサーはこんなふうに美晴には意味のわからないことを言う。そうやって美晴の不満を誤魔化《ごまか》そうとしているのだろうか。そう思って軽く睨《にら》むと、

「少しくらい飾《かざ》らせてくれてもいいだろう」

　降参と両手を軽く上げて、アーサーが微苦笑《びくしょう》を浮《う》かべた。

「俺、男です。飾る必要なんてないでしょう？」

「いや。オークション会場は私にとって遊び場だが、真剣《しんけん》勝負の場でもある。勝負にはそれなりの格好で臨《のぞ》むべきだ」

　服装にも彼なりのポリシーがあるらしい。こういうところは頑固《がんこ》そうだから文句を言っても無駄だろう。美晴は渋々《しぶしぶ》口を噤《つぐ》んだ。

『やあ、ミスター・ガラード。いらしてましたか』

　廊下《ろうか》の途中《とちゅう》で、明るい茶色の髪《かみ》の男性が声を掛《か》けてきた。大仰《おおぎょう》な仕種《しぐさ》で握手《あくしゅ》を求め、親しげにアーサーの肩《かた》を叩いているが、アーサーは儀礼的《ぎれいてき》な態度で応じていた。

『お久しぶりです、ミスター・クレイマン。今日はラリックやガレに会いに？』

『ええ。会うだけでなくニューヨークへ連れて帰りますよ。必ずね』

　アーサーの典雅《てんが》な立ち居振《ふ》る舞《ま》いは、実は彼が相当奇妙《きみょう》な人だと知っている美晴の目にさえ

美しく映る。アーサーを見た後でクレイマンと呼ばれた男性へ視線を転じると、申し訳ないが、外見だけがいい三流の役者が間違《まちが》った解釈《かいしゃく》で紳士を演じているように見えた。

『ところで、そちらがあなたの掌中《しょうちゅう》の珠《たま》ですか？』

挨拶《あいさつ》もそこそこに、クレイマンがアーサーの背に半ば隠《かく》れるように立っていた美晴に興味を示した。いきなり顔を覗《のぞ》き込まれ、驚《おどろ》いた美晴はその英語を聞き逃《のが》してしまい、なにを言われたのかわからないまま きょとんと彼を見返した。クレイマンは気障《きざ》な笑顔《えがお》を向けてくる。

『近頃《ちかごろ》あなたが真珠のように美しい東洋人を連れているとあちこちで耳にしましてね。こちらの方がそうでしょう？　これは噂《うわさ》通り、いや噂以上だ。黒髪《くろかみ》に黒い瞳《ひとみ》をお持ちでありながら、真珠の柔《やわ》らかな白い輝《かがや》きを想像させるのはなぜでしょうね。美しい肌《はだ》のせいかな』

クレイマンはアーサーに向けて話しながら、視線は美晴から外さなかった。アーサーと同世代の彼は一見すると好青年だが、目の奥に隠れている滑《ぬめ》ったような嫌《いや》な光がその印象を大きく裏切っている。それに気づき、美晴は思わず後退《あとずさ》りした。

『そのような噂があるとは知りませんでしたよ』

温和な表情を崩《くず》さずにアーサーがさり気なく立ち位置を変え、クレイマンから隠すように美晴を背後に庇《かば》った。嫌な視線が遮《さえぎ》られ、美晴はほっと息をつく。

『では、掌中の珠は言葉通り、誰にも見せずに手の内に隠しておくとしましょう』

アーサーはいかにも紹介《しょうかい》して欲しそうなクレイマンの無言の要望を退けると、美晴を促《うなが》してこの場を立ち去ろうとした。しかし、

「——あっ、」

クレイマンが強引《ごういん》に美晴の手を取った。

『初めまして。私はエド・クレイマン、ニューヨークで骨董屋《こっとうや》を営んでおります。色々扱《あつか》っておりますが、ガラスと磁器が得意分野でして。ニューヨークへおいでになるときは是非《ぜひ》お立ち寄りください』

どうぞよろしく、と口では礼儀正《れいぎただ》しい挨拶をしながら、クレイマンは美晴の右手を両手で包み、その肌触りを味わうように手の甲《こう》や指の間を撫《な》でてくる。

「……ッ」

蟻走感《ぎそうかん》に襲《おそ》われ、美晴は手を振《ふ》り解こうとしたが、それより早くアーサーが動いて美晴からクレイマンを引き離《はな》した。

『無茶をしないでいただきたい。連れが怯《おび》えている』

非礼を窘《たしな》めるアーサーに、しかしクレイマンは悪びれた様子もなく応じた。

『実に結構なお品ですね。滑《なめ》らかで瑞々《みずみず》しい肌触りは磁器のような絹のような……。いや、この内側から光を放つような艶《つや》はまさしく真珠《しんじゅ》だ。そちらの真珠を売却《ばいきゃく》するご予定は？』

ねっとりとした視線に悪寒《おかん》が走り、美晴は思わずアーサーのスーツの袖《そで》に縋《すが》る。

『勿論《もちろん》、ありません』

アーサーは穏《おだ》やかな表情と態度を崩さなかったが、本人にだけはわかるように軽蔑《けいべつ》の眼差《まなざ》しを浴びせた。その心の底からの侮蔑《ぶべつ》の表れた目つきには、美晴までひやりとさせられた。クレイマンは息を飲んで後退りしたが、素早《すばや》く無害そうな笑顔を取り繕《つくろ》っている。

『イミテーションならお譲《ゆず》りしても構いませんが、生憎《あいにく》とこれは天然ものの本真珠なのでね。他《ほか》を当たっていただきたい』

『……本物か、イミテーションか。真珠なら歯で触《ふ》れて確かめる方法がありますね。ぜひ試《ため》したいものだ』

額に冷や汗《あせ》を浮かべながら未練がましく食い下がるクレイマンに、アーサーの目がこれ以上ないというほど温度を下げた。

『これは、あなたには分不相応だ。身の丈《たけ》にあった、あなたに似合いの品を見つけたらいかがです。イミテーションか、養殖《ようしょく》ものをね。――では、失礼』

クレイマンから取り戻《もど》した美晴の手を摑《つか》んだまま、アーサーは身を翻《ひるがえ》した。

足早に会場へ向かうアーサーに小走りでついていきながら、美晴はその横顔を窺《うかが》った。

今の英語のやりとりは速すぎて美晴には聞き取れなかったし、動揺《どうよう》していて彼らの声は耳を素通《すどお》りしていた。けれど、終始表情を変えることのなかったアーサーが実は深く憤《いきどお》っていることには気づいていた。

なにか失礼なことを言われたのかもしれない。

遠目には映画俳優のようにも見えるクレイマンは、間近で接すると気持ちの悪い人物だった。初対面で人の手を撫でるなんて、どうかしているとしか思えないし、彼の目つきは生理的な嫌《けん》悪感《お》を呼び覚ますほどの異様さだ。

挨拶程度でこれほど不快な気分にさせられたのは初めてだった。アーサーが庇ってくれたから美晴はそれほど毒気に当てられずに済んだけれど、直接言葉を交《か》わしたアーサーは美晴以上に嫌な思いをしたのかもしれない。

「あんな人、気にすることないと思います」

アーサーを元気づけようとして、自分の手首を握《にぎ》ったままのアーサーの腕《うで》に左手を添《そ》えた。美晴が元気をなくしたときに肩や背中にしてくれるように、ぽんぽんと軽く叩《たた》いてみる。立ち止まってこちらを向いたアーサーの、軽い驚きを示して瞠《みは》られた双眸《そうぼう》に美晴は笑いかけた。

「なにを言われたのか俺にはわからなかったけど、でもあの人、あなたには全然叶《かな》わないと思う。だから気にすることないです。あなたのほうが知的だし、立ち居振《ふ》る舞《ま》いは優雅《ゆうが》だし、格好いいし頼《たよ》りになるし。泥棒《どろぼう》で、ちょっと変な人だとは思うけど、あの人ほど酷《ひど》くはないし、なにより凄《すご》くあなたは、……温かくて、優《やさ》しい」

思ったままの気持ちを述べて美晴が唇《くちびる》を結んだ後も、アーサーは瞬《まばた》きもせずにこちらを見下ろしていた。やがて氷が解けるようにその表情が和《やわ》らいで、秀麗《しゅうれい》な面に泉のように静かな笑《え》みが広がっていく。

「……そうか。美晴には、私は温かくて優しいか」

「そう思いますけど。本当は違《ちが》うんですか？」

「いや。私は美晴には優しい。温かいかどうかは、わからないが」

見上げた顔にいつもの笑みが戻り、手首からふと圧迫感《あっぱくかん》が消えた。ぞわぞわとした嫌な感《かん》触《しょく》の残っている美晴の右手を、アーサーが大きな手の中に包み込む。

「行こう」

歩調を合わせて歩き出したアーサーの隣《となり》に並びながら、美晴は一瞬《いっしゅん》でクレイマンの痕跡《こんせき》が綺麗に拭《ぬぐ》われたことに気づいた。


オークション会場は入場も退場も自由だ。

目当ての品を落札したら帰る人もいるし、美晴達のように後からやってくる者もいる。緊張感《きんちょうかん》に張り詰《つ》め、水を打ったような静けさの中で行われるオークションを美晴は想像していたけれど、会場内は人の出入りが多く適度にざわついていて、意外と自由な雰囲気《ふんいき》だ。

「なんか、思ってたより気楽な感じなんですね」

「ああ。せっかく来たんだ、楽しむといい」

二人は適当な席に腰《こし》を落ち着けた。知り合いらしいバイヤーやコレクターがアーサーに気づいて挨拶を寄越《よこ》してくる。同じように手を上げたり頷《うなず》いたりして挨拶を返すアーサーの脇《わき》を、見事なブロンドの女性をエスコートしながらクレイマンが通り過ぎた。

「……っ」

またあの嫌な目を向けられ、嫌悪感が顔に出てしまいそうになったが、美晴は必死に頬《ほお》を引き締《し》めることでなんとかそれを押し隠した。

クレイマンと女性は斜《なな》め前の席についた。椅子《いす》に腰を落ち着けるなりクレイマンが写真つきの資料のようなものを取り出して、大粒《おおつぶ》のルビーを幾《いく》つも釣《つ》り下げた豪華《ごうか》な首飾《くびかざ》りをしきりに女性に勧《すす》めている。商品の買い付けにきたオークション会場で商品の売り込みを始めたようだ。

ますます印象が悪くなってつい眉《まゆ》を顰《ひそ》めた美晴は、ふとアーサーがクレイマンの手元の資料にじっと視線を向けていることに気づいた。

「どうかしたんですか……？」

「──ん？　ああ、なんでもない」

アーサーは目許《めもと》を和らげたけれど、それはこちらを見たときだけだ。再び正面を向いた双眸は深い憤りに冷えきっていた。

なにかあったのだろうか。美晴がアーサーの様子を気にしているうちにオークションは進み、ガレ作の美しいガラスの花器が競売にかけられた。クレイマンがさっと顔をあげ、売り込みを中断してビッドする。ビッドとは競《せ》りに参加することだ。

花器は瞬《また》く間に値をあげて、評価額を一気に上回った。しばらくすると目まぐるしく数値を変えていた電光掲示板《けいじばん》の動きが緩《ゆる》やかになり、やがてぴたりと静止した。ビッドした人々が落胆《らくたん》の溜息《ためいき》と共にうなだれる中、最高値をつけたクレイマンが勝利を確信して胸を反《そ》らせている。

それを一瞥《いちべつ》したアーサーの手が、手品師のそれのように滑らかに動いた。その意味がわからず美晴が首を傾《かし》げたとき、競売人が新たについた値を告げて場内に低いどよめきが走った。

美晴は思わず背もたれに強く背中を押しつけ、小声でアーサーに尋《たず》ねた。

「なんで皆《みな》、一斉《いっせい》にこっち見るんですか」

「私がビッドしたからだろうな」

答えながら、アーサーは立てた人差し指をつと動かす。電光掲示板の数値が変わり、クレイマンが悔《くや》しそうにこちらを睨《にら》んできたが、そんなことを気にしている場合ではない。競売人がアーサーのパドル番号を読み上げ、ハンマーを打ち下ろしたのだ。

「え、勝った？　今の、勝ったんですか？」

「勝ったようなものだな。落札した」

「あ、あれだけで？　ていうか、どうやって？」

驚《おどろ》きと疑問は、しかし後から背筋を這《は》い上がってきた興奮に瞬く間に飲み込まれた。

「よくわからなかったけど、でもなんか、凄い……！」

鼓動《こどう》が跳《は》ねるように速くなり、飛び上がりたいような気分だ。

その後もアーサーは予定外の競りに参加した。先ほどのガレをはじめ、ラリックやドーム兄弟など、名だたるガラス工芸家の作品を次々に競り落としていく。

このオークションハウスでは値をつけるときに独自の方法があるらしく、ビッドした人々は手を上げたり指を立てたり、頷いたりと様々なサインを競売人に送っていた。アーサーは最初からは参加せず、いつも値段が固まりつつある競りの最後に一、二度、舞《ま》うように指を動かすだけだ。だが、たったそれだけで電光掲示板が動きを止めて、溜息や低い呻《うめ》き声がさざなみのように会場中に広がっていく。そして、それが消えるとハンマープライス。落札だ。

「わ、やった……！」

興奮気味に、しかし音を立てないように美晴は何度も手を叩いた。アーサーは、オークションは遊び場であり、真剣《しんけん》勝負の場だと言ったが、まさしくその通りだ。

いつ足元を掬《すく》われて優位を覆《くつがえ》されるかわからないスリル。届かなくなりそうな値を打ち止めるタイミングを見極《みきわ》める興奮。最初から狙《ねら》っていたブローチやティアラ、ソトワールが競売にかけられたときは、無事競り落とすことができるかどうか、どきどきしすぎて息が苦しくなったほどだ。

特に蝶《ちょう》のブローチのときは緊張《きんちょう》を強《し》いられた。なかなか諦《あきら》めない落札希望者がアーサーの他に二人いたのだ。じりじりと値を吊《つ》り上げながら、その水面下で繰《く》り広げられた熾《し》烈《れつ》な駆《か》け引きにどれほど胃が縮み、心臓が竦《すく》みあがったことだろう。

そんなキリキリと引き絞《しぼ》られてゆく緊張と焦燥《しょうそう》の果てに得た、落札の瞬間《しゅんかん》の鳥肌《とりはだ》がたつような歓喜《かんき》。達成感と深い満足感に彩《いろど》られた喜びは、言うに言われぬものがある。

「オークションって凄い、凄かった……！　面白《おもしろ》かったです」

オークション会場を後にしても興奮が覚めやらず、子犬が跳ね回るような足取りで美晴はアーサーの後について歩いた。

「そこまで喜んでもらえると、色々手を出した甲斐《かい》があったな」

「そういえば買い物、予定よりずっと増えてますよね。それもガラス工芸品ばかり。急に欲しくなったんですか？」

「いや。知り合いが欲しがっていたんだ。代理だよ」

疑いもせず、ふぅん、と美晴は納得《なっとく》した。

こうしてさらりと誤魔化《ごまか》されてしまえば、アーサーが先刻の無礼に対する意趣《いしゅ》返しとしてクレイマンのビッドしたものを端《はし》から奪《うば》い取ったなどという真実に、美晴が辿《たど》りつけるはずもなかった。

キャッシャー窓口で支払《しはら》いや書類の記入、配送手続きをしていると、クレイマンが凄《すさ》まじい形相でこちらを睨んできた。

「放っておけばいい」

アーサーはそう言うけれど、背中に注《そそ》がれる強い視線に美晴は背筋が寒くなった。さっきはニヤニヤ笑っていたのに今度は睨んでくるなんて、あの人は情緒《じょうちょ》不安定なのだろうか。

手続きが済むと、アーサーの周囲に人が集まってきた。

『今日はどうなさったんです。なぜガラスを？』

『アンティーク・ジュエリーや銀器、英国絵画がお好きなことは存じておりましたけれど。近頃《ちかごろ》はアール・ヌーボーやデコのガラスに興味がおありなの？』

アーサーがガラス工芸品を競り落とすのは珍《めずら》しい事だったようだ。古美術品のディーラーやコレクターらしい紳士淑女《しんししゅくじょ》がアーサーを取り巻き、口々に同じことを尋ねている。

彼らはちらちらと美晴にも視線を投げてきた。アーサーが彼らに美晴を紹介《しょうかい》してくれたので、緊張しながら挨拶《あいさつ》を述べると、

『ああ、こちらが噂《うわさ》の――』

異口同音に言って彼らは頷き合い、穏《おだ》やかな表情を向けてきた。

男性と年配の女性は一様に好意的だったが、その一部、二、三人の若い女性は笑顔《えがお》を保っているものの美晴を見る目付きは険悪だ。

『その若さで一流のものを見る目が既《すで》に養われているなんて、たいしたものだわ』

いきなり棘《とげ》のある言葉を投げつけられて、美晴は戸惑《とまど》い、問い返した。

『どういう意味でしょうか』

『あら、言葉通りの意味ですけれど？』

笑顔で睨まれ、迫力負《はくりょくま》けした美晴は思わず後退《あとずさ》りした。するとすかさず『ところで、アーサー？』と、美晴とアーサーの間にできたわずかな隙間《すきま》に別の女性が割り込もうとする。

『今度、古美術商のスパークスで展覧会が開かれるでしょう。その前夜祭にはいらっしゃる？私も招待されているのだけれど、パートナーが見つからなくて――』

『さあ、どうでしょうか』

穏やかに応じるアーサーの傍《かたわ》らで、女性の肘《ひじ》に押された美晴は予期せぬ出来事に簡単によろめいた。が、こちらのことなど気にしていないように見えたアーサーの腕《うで》に支えられる。

『美晴。そこにいてはご婦人が通るのに邪魔《じゃま》なようだ。こちらへ』

『は、はい……』

如才《じょさい》なく女性を遠ざけたアーサーに引き寄せられて、美晴は安堵《あんど》の息をついた。

『ところで少しお尋ねしますが、知り合いが探し物をしていましてね。これがなかなか見つからないので、皆さんのお力をお借りしたいのですが――』

アーサーは、居合わせたディーラーやバイヤー、博学なコレクターに向けて話題を変えた。

一方、美晴は、自分に向けられる女性達の目にはっきりとした敵意が表れているのに気づき、いたたまれない気分になった。美晴がアーサーの傍《そば》にいるのが気に入らないのだろう、不釣合《ふつりあ》いだと彼女達の表情が刺々《とげとげ》しく語っている。

ついさっきまで全身を満たしていた高揚感《こうようかん》が跡形《あとかた》もなく消えた。美晴はなるべくそちらを見ないように、唯一《ゆいいつ》の頼《たよ》りであるアーサーを見上げることにする。

彼は物柔《ものやわ》らかな微笑を浮《う》かべ、軽い冗談《じょうだん》を交《まじ》えながら談笑《だんしょう》していた。類《たぐい》まれな外見と、紳士然とした立ち居振《ふ》る舞いは嫌《いや》でも人々を惹《ひ》きつける。

――なんか……別の世界の人みたいだ。

ただでさえ萎縮《いしゅく》していた美晴は取り残されたような寂《さび》しさを感じ、それと同時に心細いような、焦《あせ》りのような、しかしどちらとも違《ちが》う胸苦《むなぐる》しさに襲《おそ》われた。

しばらく我慢《がまん》していたそれを結局は無視できず、人々の輪から少しずつ外れて美晴は壁際《かべぎわ》へ身を寄せた。アーサーに目で呼ばれたけれど、気づかなかった振《ふ》りをする。美晴が離《はな》れたせいか、あの女性達が輪に加わってアーサーの両腕《りょううで》にぶらさがっているのがひどく不快だった。

「俺、車の前で待ってます」

もうこれ以上ここにいたくなくて、顔を背《そむ》けたまま断りを入れると美晴はその場から逃《に》げ出した。

ドアマンが開けてくれた扉《とびら》を潜《くぐ》って通りに出ると、さっき出て行ったクレイマンがなにかに気づいた様子で立ち止まり、こちらへ戻《もど》ってくるのが見えた。忘れ物でもしたのだろうか。美晴は彼と目を合わせないように気をつけながら、アーサーの車へと歩き出す。しかし、

「美晴！」

背後から鋭《するど》く名を呼ばれ、肩《かた》を強く摑《つか》まれた。驚いて振り向くと、そこにはこれまで見たことがないような、怖《こわ》いほどに真剣な顔をしたアーサーが立っていた。

そのあまりにも険しい双眸《そうぼう》に美晴は思わず息を飲んだが、彼の眼差《まなざ》しは美晴の頭上を通り越《こ》し、前方へ向けられている。なにを睨んでいるのかと、恐《おそ》る恐るその視線を辿ってみると、

「……？」

なにもなかった。クレイマンが舌打ちをして踵《きびす》を返しただけだ。

なんだったんだろう？　訝《いぶか》しく思っていると、アーサーが苛立《いらだ》ったように短く息をつくのを

こめかみに感じた。掴まれた肩に彼の指が食い込んでくる。

「美晴」

「いっ、た……」

顔を顰《しか》めた美晴に構わず、アーサーは捕《と》らえた身体《からだ》を強引《ごういん》に振り向かせた。

「退屈《たいくつ》だったかもしれないが、小さな子供じゃあるまいし少しは我慢できるだろう。一人で勝手な行動をとるな」

もともと機嫌《きげん》の傾《かたむ》いていた美晴は、理不尽《りふじん》な扱《あつか》いとその言い様にむかっときた。

「なんですか、それ。俺はちゃんと車の前で待ってるって言ったのに、それでも駄目《だめ》なんですか。あなたのお喋《しゃべ》りが終わるまで足元で待ってろってこと？　あなたこそ、勝手なこと言わないでください」

一人で行動するなと言ったが、先に美晴を一人にしたのはアーサーだ。傍にいたとはいえ、彼は美晴にはさっぱりわからない話に興じていて、精神的には美晴は置き去りにされていた。

「放してください。一人でもちゃんと帰れますから、俺のことなんか気にせずに、あの女の人たちと好きなだけ話していたらいいでしょう」

両腕に綺麗《きれい》な女性を絡《から》ませていた姿を思い出し、なぜかひどい腹立たしさを覚えて美晴はアーサーを睨《にら》みつけた。だが、凄まじい気迫《きはく》で睨み返されてしまい、思わず怯《ひる》み、立ち竦む。

「もういい。帰るぞ」

「や……ッ」

二の腕を鷲掴《わしづか》みにされて、反射的に振り解《ほど》こうとしたが到底《とうてい》無理だった。抗《あらが》う素振《そぶ》りを見せただけで、アーサーは痣《あざ》になるほど手に力を込めてくる。

「ちょっと、やだ、痛い……っ」

「いいから乗るんだ」

抵抗《ていこう》も虚《むな》しく車のほうへと引きずられ、美晴は助手席に押し込まれた。

＊

「アーサーの馬鹿《ばか》、横暴、乱暴者」

口の中でぶつぶつ文句を言いながら美晴は一人、玄関《げんかん》を潜った。

アーサーは仕事があるとかで、門前で美晴を車から降ろすとそのままどこかへ行ってしまった。もう怒《おこ》ってはいないようだったけれど雰囲気《ふんいき》はぴりぴりと張り詰《つ》めたままで、彼の意識は他《ほか》のなにかに集中しているようだった。

あの様子では夕食までに戻ってくるかわからない。土日は泊《と》まりがけで湖水地方へ出かける約束をしていたが、このままではその予定も危《あや》うかった。

「……嘘《うそ》はつかないって言ったのに」

嘘つきと約束破りは別カテゴリーだとでも言うつもりだろうか。

そんなの自分勝手だ、と、がじがじと爪《つめ》を噛《か》んでいると、ホールにレイが顔を出した。

『お一人ですか？』

『……あ。ただいま帰りました。アーサーは、なにか仕事があるとかで』

『仕事？』

聞いてない。そんな様子で眉《まゆ》を顰め、レイは即座《そくざ》に携帯電話《けいたいでんわ》を取り出した。遠慮《えんりょ》してホールから立ち去ろうとすると、レイが携帯電話を操作しながら美晴を引き止める仕《し》種《ぐさ》を見せた。

『……レイです。今日のこの後の仕事についてですが、なにか変更《へんこう》になりましたか？』

立ち止まってなんとなくレイの横顔を眺《なが》めていると、心配そうだった表情が、通話が始まってすぐに厳しく引き締《し》まった。

『——そうですか。わかりました、すぐ情報収集にかかります。こちらから、少しよろしいですか？　あちこちから急にラリックやガレの作品について問い合わせが殺到《さっとう》しているのですが、心当たりは、……は？……子供ですか、あなたは』

深刻そうな表情が、たちまち呆《あき》れ顔になる。

『……ええ、それは構いません。つまりあなたは主にそれが原因でお帰りになれないと？』

呆れ顔はいくらもしないうちに、くすくす笑いに変わった。

アーサーが相手だとレイは本当に表情が豊かだ。そして帰りの車中でのアーサーの様子からは考えられないやり取りを簡単にしてのける。

美晴の胸で嫌な感情がざわめいた。レイから目を背けた美晴は、手が無意識に形見の指輪を探していることに気がついて、ほろ苦い思いを噛み締めながら空っぽの手を握《にぎ》り締めた。

──そっか。もう、ないんだった。

ここにきた最初の夜以来、美晴は形見の指輪を外していた。アーサーに返すと決めた以上、あの指輪はもう自分のものではないからだ。もし美晴がアーサーとのゲームに勝ったとしても、それは変わらない。二つの指輪は本来の持ち主の許《もと》に揃《そろ》っているべきだった。

『アーサーは今夜は帰りません。今夜は私がここに泊《と》まることになりました』

通話を切って、レイがこちらに向き直った。

『夕食は手配済みなので心配無用、週末については予定通りとのことです。それからこれは私用ですが』

『え──？』

さっきの笑顔《えがお》や軽口が嘘のようにいつもの無表情に戻ったレイが、美晴に小さな紙袋《かみぶくろ》を差し出した。チョコレートの詰め合わせだ。

『借りは早めに返したいほうなので』

『借り？』

美晴は首を傾《かし》げた。レイに貸しなんてあっただろうか。

『昨夜の食事です』

ああ、と美晴は納得《なっとく》した。昨夜の簡単な夕食に対するお礼ということらしい。

『あんなのにお礼なんて、なんか悪いような気がしますけど。でも、ありがとうございます』

美晴が紙袋を受け取ったとき、レイの視線は微妙《びみょう》に美晴から逸《そ》れていた。そんな態度は相変わらずだが、もしかしたら少しは受け入れてもらえたのかもしれない。

『あの、少し話してもいいですか』

レイに対する苦手意識がまた一段と薄《うす》らいだせいか。美晴はこの数日の間で改めて疑問に思ったことをレイに尋《たず》ねてみることにした。

『どうしてアーサーは盗《ぬす》むんですか』

瞬間《しゅんかん》、レイの眦《まなじり》に力が入った。この事は気安く話題にしてはいけなかったのかもしれない。レイの変化からそれを悟《さと》ったけれど口にしてしまったものは仕方がなく、美晴は話を続けた。

『昔盗まれた、先祖代々伝わってきたコレクションを取り戻すためだというのは聞きました。でも普段《ふだん》の生活とか今日のオークションを見ていたら、方法は他にもあるように思えて。だって盗んだりしなくても、アーサーなら買い戻すことができるでしょう？　今日みたいに』

『あなたは事情をわかっていない』

レイの薄い唇《くちびる》から硬《かた》い声が滑《すべ》り出た。

『あのジュエリー・コレクションが単なる一族の収集品で、正当な手段で売買されていたならアーサーもこんな手段を取りはしなかったし、これほど執着《しゅうちゃく》することもなかったでしょう』

毅然《きぜん》とした声が、美晴をぴしりと打つかのように響《ひび》いた。

『あれは特別なコレクションです。どんなことをしてでも取り戻すだけの価値と理由のあるものです。だから彼は手段を選ばない』

『で、でも……』

『密《ひそ》かに売り捌《さば》かれて世界中に散らばったジュエリーを探し出す苦労がどんなものか、あなたにはわかりますか？　そうして見つけたジュエリーを買い戻《もど》すことが可能なら、アーサーはそうします。けれど美術館や博物館に入ったもの、密かに骨董商《こっとうしょう》に持ちこまれてそのままコレクションに加えられてしまったものには手の出しようがありません』

盗むしかないこともあるのだと、言外にレイが告げてくる。

盗品《とうひん》の売買、そのルートの追い方など美晴は知らない。調べるのも突《つ》きとめるのも大変だろうなと漠然《ばくぜん》と思うだけで、実際にどれほどの労力を要するのかはわからない。そしてその苦労と危険を背負い込んでまでもやらざるを得ないアーサーの事情も、美晴は知らなかった。

なにも言えずに黙《だま》り込むと、レイが小さな溜息《ためいき》をついて少し目許《めもと》を和《やわ》らげた。

『私はアーサーにも、亡《な》くなった旦那様《だんなさま》や奥様《おくさま》にも恩があります。移民だった私たち家族を保護し、仕事を与《あた》えてくれたのが彼らだった。だから私はアーサーのためできることはなんでもします』

足元に落としていた目を、美晴は上げた。重い内容をさらりと告げたレイの声が、心なしかいつもより柔《やわ》らかく美晴の鼓膜《こまく》を震《ふる》わせる。

『私からは詳《くわ》しい事情は話せません。もしアーサーのことを知りたいと思うなら、図書室へ行ってみてください。その気があるなら少しは彼のことがわかるはずです』

レイの助言に美晴は神妙《しんみょう》に頷《うなず》いた。

＊

翌日は朝から騒《さわ》がしかった。昨日、落札した品々が配送されてきたのだ。

それらを受け取り、レイが手際《てぎわ》よく捌いていく。手伝いを申し出たら、頭のてっぺんから爪《つま》先《さき》まで見回され、

『いえ。壊《こわ》れ物なので』

と断られた。

そのときは落胆《らくたん》したが、レイの判断は正しかったと今では美晴も納得している。なにしろ寝《ね》不足《ぶそく》で赤くなった目は玄関にばかり向けられており、そわそわと片時も落ち着かずにホールの行き来を繰《く》り返している美晴は、自分でも呆れるほどに注意力が散漫《さんまん》になっているのだ。

レイの助言を受けた後、美晴は一晩中図書室に籠《こも》っていた。

図書室には本棚《ほんだな》いっぱいに様々な時代、あらゆる言語の本がぎっしりと詰め込まれていたが、隅《すみ》の目立たない所に、この部屋には不似合いな青いファイルの背表紙があった。

開いてみると、古い新聞がファイルされていた。「エヴァンジェリスタ伯爵家《はくしゃくけ》、破産」という大きな見出しとジュエリー・コレクションという単語が目に入り、美晴は電子辞書を片手に分厚いファイルの記事を少しずつ読み進めていった。

アーサーとは姓《せい》が違《ちが》うが、このエヴァンジェリスタ伯爵家の記事とアーサーが美術館で語っ

た没落《ぼつらく》貴族の話はぴたりと重なっていた。

記事によると、エヴァンジェリスタ伯爵家の当主は事業に失敗して莫大《ばくだい》な負債《ふさい》を抱《かか》え込み、家屋敷《いえやしき》や調度品、美術品などすべてを手放さざるを得なかったようだ。そんな中、先祖代々受け継《つ》がれてきたジュエリー・コレクションだけは守ろうと手を尽《つ》くしていたらしい。記事は、そのジュエリー・コレクションが盗難《とうなん》に遭《あ》ったと伝えている。

ファイルにはタブロイド紙のものもあり、破産後の様子がゴシップ仕立てに書き連ねられていた。

家が潰《つぶ》れ爵位《しゃくい》は消滅《しょうめつ》、必死に守ろうとしたジュエリー・コレクションまで失って、失意の底に落とされた当主夫妻の生活は苦労の連続だったようだ。必死で働いたものの、夫妻はどちらも上流階級に生まれ育っていたために、労働者階級の生活には精神的にも肉体的にも長くは耐《た》えられなかった。夫人は身体《からだ》を壊して倒《たお》れ、当主も心身共に疲《つか》れ果て、破産から三年も経《た》たないうちに彼らは子供を残して他界した。記事には事故と書かれている。けれど心中の可能性も示唆《しさ》していた。

彼らの死後、エヴァンジェリスタ家の事業の失敗と破産は、当主の社会的な成功を妬《ねた》んだ親族の一部と競合会社とが結託《けったく》した謀略《ぼうりゃく》によるものだったことが判明した。それまで貴族の転落を面白《おもしろ》おかしく書きたてていたタブロイド紙は、その辺りから一転して同情的な記事を載《の》せている。それによると、残された当時十歳だった子供は母方の親戚《しんせき》、G家に養子として引き取られたということだった。

おそらくこの子供がアーサーで、Ｇ家はガラード家だ。

この記事が本当なら、さぞ悔《くや》しかったことだろう。ジュエリー・コレクションは勿論《もちろん》、なにもかも、とりわけ両親を取り戻したかったに違《ちが》いない。けれど、どんなに祈《いの》りを捧《ささ》げても死者は決して戻ってこない。復讐《ふくしゅう》をしようにも、憎《にく》むべき相手は既《すで》に法によって裁かれている。

――だったらせめて、両親が守ろうとしたジュエリー・コレクションだけでも取り戻したい。

当時十歳だったアーサーがそう決意する様が目に見えるようだ。ファイルには失ったジュエリー・コレクションと思われる品々の写真が、フィルムと一緒《いっしょ》に挟《はさ》まれていた。

そのファイルを今朝方閉じてから、美晴は玄関《げんかん》ホールを行ったり来たりしている。

――アーサーが帰ってきたら、なんて言おう。

『なにも知らないのに勝手なことを言ってすみませんでした』

昨日の考えなしで、半ば八つ当たり的な発言を今朝レイには謝った。すると、

『徹夜《てつや》ですか。お疲れ様』

このとき初めてレイが美晴に笑いかけてくれた。ほっとしたし嬉《うれ》しい出来事ではあったけれど、アーサー本人に謝らないと美晴の気持ちは落ちつきそうになかった。過去を覗《のぞ》き見されるのは、決して気持ちのいいことではない。わかっているのに覗き見てしまったことを、きちんと話して謝りたかった。

でも、言えばアーサーは昨日以上に怒《おこ》るかもしれない。それが怖《こわ》い。

怯《おび》えたように立ち竦《すく》んだとき、空気が揺《ゆ》らぐのを伏《ふ》せた睫毛《まつげ》の先で感じた。はっとして美晴

が目を上げると、開いた玄関の扉《とびら》の向こうから軽く揺れるアッシュブロンドの髪《かみ》が現れた。

「――っ、」

目が合った瞬間、もしかしたら自分は泣きそうな顔をしたのかもしれない。アーサーは軽く目を瞠《みは》り、

「あ、あの。……お帰りなさい」

美晴のぎこちない日本語に淡《あわ》く微笑《ほほえ》んだだけで、ペナルティを取らなかった。

ただいま、と美晴の髪をくしゃりとかき混ぜたアーサーは、いつもと変わらぬ笑《え》みを浮《う》かべていた。でも、この後で変わるかもしれない。昨日のように怒るかもしれない。不安と緊張《きんちょう》を抱えたまま、自室へ向かうアーサーの後を美晴は追いかけていく。

「え、と……、あの……、昨日は、ごめんなさい」

おずおずと謝ると、振《ふ》り返ったアーサーが片眉《かたまゆ》を軽く上げた。

「なにが」

「……オークションの後、勝手に出ていって。その後も、あなたのほうが悪いみたいなことも、言ってしまって。あれは八つ当たりでした」

これは確かに謝ろうと思っていた。でも本当に言いたいことはそれじゃない。美晴は自分の不甲斐《ふがい》なさに情けなくなって顔を伏せる。

「いや。私のほうこそ乱暴な真似《まね》をした。痛《いた》かっただろう」

昨日、力任せに摑《つか》まれた二の腕《うで》。そこに労わるように触《ふ》れてきた温《ぬく》もりに励《はげ》まされ、美晴は

なんとか顎《あご》を上げる。

「謝りたいのは、それだけじゃないんです。俺、昨夜、図書室で……」

言いさした言葉の続きをやんわりと遮《さえぎ》るかのように、大きな手に片頬《かたほお》を包まれた。

「目が赤い。徹夜でもしたのか？」

アーサーの親指が美晴の目の縁《ふち》をすっと撫《な》でる。

「それは……」

「理由を当てようか。英文和訳だろう。大昔の新聞記事の」

言い当てられて、美晴は瞠目《どうもく》した。

「レイの仕業《しわざ》だな」

「違います！」

苦笑《くしょう》に細められた瞳《ひとみ》に、美晴は大きく首を振った。

「違います、俺が勝手に見たんです」

「どちらでもいいさ。あれを読むのは大変だっただろう」

アーサーがなんでもないことのように言うので、かえって胸が痛くなった。

「勝手なことをしてごめんなさい。俺、あなたのこと知りたくて……、でも、こういうの良くなかった。もう、しません」

美晴は詰《なじ》られて当然のことをした。けれど、静かな目をしたアーサーは、まだ零《こぼ》れていない涙《なみだ》を拭《ぬぐ》うように目尻《めじり》にそっと触れてきただけで、美晴を責めなかった。

「美晴は面白いな。英語はおろか日本語まで拙《つたな》くて子供のように話すのに、言葉がまっすぐに届いてくる」

「あの、……？」

「美晴の言いたいことはわかった。だからもういい」

謝る必要はないのだと言葉と仕種の両方で伝えられ、罪悪感か、それともなにか別の感情の発露《はつろ》か、急に込み上げてきた熱い塊《かたまり》に胸が詰《つ》まって美晴はなにも言えなくなった。代わりのように目尻に水分が溜《た》まってゆく。

「泣かないでくれないか。美晴の泣き顔には弱いんだ」

困ったように微笑んだ唇《くちびる》が柔《やわ》らかく目尻に触れてきた。いつかのように目許《めもと》や瞼《まぶた》、頬にもそれは羽のように触れてくる。慰《なぐさ》めのキスはとても温かく、自然な流れで落ちてきたから、美晴はついそれに反応するのが遅《おく》れた。

「……なにするんですか。人が真剣《しんけん》に謝ってるのに」

真面目《まじめ》な抗議《こうぎ》も数秒遅れではさすがに間が抜《ぬ》けており、キスを自然に受け入れた後では言い訳にしか聞こえなかった。自分でもそう思うのだから、アーサーにしてみればなにを今更《いまさら》と言いたいところだろう。

恥《は》ずかしさに熱くなった顔を伏せようとすると、阻止《そし》するように長い指に顎を掬《すく》われた。見上げた先には意地悪を楽しむような性質の悪い笑みがあり、美晴は内心で身構える。

「な、なんですか……？」

「今キスしたら、一昨日のペナルティが残っていたのを思い出した」

虚《きょ》を衝《つ》かれ、え、と美晴は瞬《まばた》きをした。

「一昨日の夜のペナルティ二百。出かける前にあれを解消《かいしょう》しておこう」

楽しげに弧《こ》を描《えが》いた唇が近づいてくる。その意図を察し、美晴はぎくりと身を硬《かた》くした。

「ちょっ、やだ待って、待っ……っ、ぅん……」

抵抗《ていこう》も虚《むな》しく、あっけなく唇を奪《うば》われた。三度目のせいか、遠慮《えんりょ》のないキスはすぐに深いものになる。

逃《に》げようとしても、強い腕に抱《だ》き竦められていてはろくに身動きもできなかった。唇や舌を吸われるたびに身体の芯《しん》にじんとした熱い痺《しび》れが走り、背中が勝手にしなっていく。逞《たくま》しい胸を押し返そうにも、腕から力が抜けてしまってはどうしようもない。

「……は、……っ、ん……」

上手《うま》く息を継げない美晴のために、アーサーは時折唇を離《はな》した。そのたびに彼は反《そ》らした喉《のど》や鎖骨《さこつ》、胸元《むなもと》を吸ってキスの痕《あと》を残し、美晴の呼吸を乱すばかりで整える暇《ひま》を与《あた》えてくれない。

身体を痺れさせる甘いなにかが脳の中枢《ちゅうすう》までじわりと侵食《しんしょく》し始めた。意識や理性を崩《くず》そうと高まっていく熱に、流されまいと美晴は必死に手のひらに爪《つめ》を立て——、そうだ。と、あることを思いついた。

指輪だ。アーサーから『王の指輪』を盗《ぬす》むなら、今は絶好のチャンスのはず。

触れ合う舌と唇が濡《ぬ》れた音を立てるのに気の遠くなるような羞恥《しゅうち》を感じながら、いつの間にか固く握《にぎ》り締《し》めていたアーサーのシャツをなんとか放した。強く絡《から》んだ舌の感触《かんしょく》にふるりと身を震《ふる》わせて、溶《と》かされそうな意識を必死で繋《つな》ぎとめながら指輪の位置を探《さぐ》る。ほどなく硬い感触が手に当たった。形や大きさを確かめている余裕《よゆう》などなく、夢中でそれを握り締める。と、

「惜《お》しい」

唐突《とうとつ》にキスが終わりを告げた。急にどこか見知らぬ場所へぽんと放り出されたような感じがして、美晴は息を乱したまま、ぽかんとアーサーを見上げる。

「……え？」

「それはシャツの飾《かざ》りボタン。指輪はこっちだ」

見当外れの場所を一生懸命《けんめい》握《にぎ》り締めている美晴をおかしそうに見下ろして、ポケットの中の指輪をトン、とアーサーが指先で叩《たた》いてみせた。

4

「予告状が出てるって、どういうことですか⁉」

月曜日の午後。

カフェテリアに設置されたテレビから流れた臨時ニュースに血相を変えて学校を飛び出した美晴は、帰宅するなりアーサーのオフィスに飛び込んだ。

『おかえりなさい』

『あ、ただいま帰りました。レイさん、あの、アーサーは？』

尋《たず》ねながら目当ての人物を探したが、ここにはレイの姿しか見えず、嫌《いや》な予感に美晴はたちまち不安になった。それはいっそ恐怖《きょうふ》といってもいいような不安だ。

ニュースでは、ホーク・アイが新たな予告状を出したという情報を流していた。

今回のターゲットは一八八〇年代の首飾《くびかざ》りだという。ダイヤモンドを贅沢《ぜいたく》にあしらい、うずらの卵ほどもある大粒《おおつぶ》のルビーを十数個吊《つ》り下げたという豪奢《ごうしゃ》な品だ。

持ち主は現在ロンドンのホテルに滞在中《たいざいちゅう》のアメリカ人、エド・クレイマン。オークションで顔を合わせたあの男だ。ターゲットは、クレイマンがオークション会場で女性に売り込んでいた、あの首飾りだった。

『さっきニュースで、ホーク・アイが予告状を出したって言ってました。なにかの間違《まちが》いですよね。ホーク・アイの真似《まね》をした愉快犯《ゆかいはん》とか』

そうであればいい。祈《いの》るような気持ちで美晴はレイを見たけれど、いいえとレイは落ち着いて答えた。

『アーサーの探し物が見つかったんです』

『そんな……』

今朝届いたという予告状によると、犯行日時は月曜の夜——つまり、今夜だ。

ドアの脇《わき》で凍《こお》りついたように立ち尽《つ》くしている美晴を一瞥《いちべつ》し、レイが状況《じょうきょう》の説明を始めた。

『アーサーが今回のターゲットを発見したのは、先週の金曜日。オークション会場で、エド・クレイマンがあの首飾りをミランダ・ヴァレリーというご婦人に売り込んでいたときです。オークションで彼がエスコートした女性がいたはずですが、彼女がヴァレリー夫人。クレイマンはあのとき首飾りの購入《こうにゅう》について彼女から確約を取り付けました』

ただ、オークションの直後ヴァレリー夫人はプライベートな用事でスイスへ向かうことになっていた。だから首飾りをすぐには購入せず、確約だけして実際の購入は帰国後という取り決めになった。その間、クレイマンはロンドンで商品の買い付けや顧客《こきゃく》の新規開拓《かいたく》に励《はげ》みながら、夫人の帰国を待っている。

『夫人の帰国は火曜日の午後。つまり明日の午後です。アーサーは週末、あなたと旅行に出かけていましたから、動くなら今夜しかありません』

『でも今夜なんて、突然《とつぜん》すぎます……』

声と同じほど膝《ひざ》が震えた。レイが親切で説明してくれたことはわかっているが、聞いたらますます怖《こわ》くなった。

アーサーがいつもどの程度の準備期間を持つのか、美晴は知らない。けれど今回はそんな時間はなかったはずだ。

金曜の午後にターゲットを見つけ、土日は美晴と一緒《いっしょ》に湖水地方まで足を伸《の》ばし、帰宅したのは日曜日の夜遅《おそ》くだった。入念な準備をする暇などなかったはずだ。

そんな状況で盗みに入って失敗したらどうなるのだろう。捕《つか》まるならまだいい。けれどもし、ホテルの高層階から落ちたりしたら。警官に発砲《はっぽう》されたら――？

想像するだけで心臓が凍りつきそうだ。

『……ジュエリー・コレクションを取り戻《もど》すのは、命をかけてまでしなければならないことなんですか』

喉の奥で掠《かす》れた呟《つぶや》きは、うまく声にならなかった。

失われたジュエリー・コレクションが、アーサーにとってなにより大事なものだということはわかっている。事情を知った今、美晴は彼を強く止める気にはなれなくなっていた。

――でも……。

美晴は室内を見回した。

ここはアーサーのオフィス。今を生きている彼の城だ。仕事をして、レイや様々な人々と商談をしたり他愛《たわい》ない話をしたりして日々を送る、現在のアーサーの確かな居場所。

幸せだった頃《ころ》の形見や誇《ほこ》りを危険を顧《かえり》みずに追いかけて、もしもそれが失敗したら、彼は懸《けん》命《めい》に取り戻してきた過去の欠片《かけら》たちと共に現在まで失うことをわかっているのだろうか。

美晴の視線がレイの上で止まる。

レイは仕事に戻っていた。机の上にはなにかのリストが積み重なり、何枚もの地図が広げられていた。モニター画面には様々な数値やグラフのようなものが表示され、刻々と形を変えていく。レイはそれらを覗《のぞ》きこみ、分厚いファイルを何冊も広げて素早《すばや》く視線を走らせてはなにかメモを取っている。

――レイさんは、心配じゃないの？

ガードナー・コレクションで体感した壮絶《そうぜつ》な空気を美晴はまざまざと思い起こした。

アーサーの犯行現場は、いつ暴動が起きてもおかしくない、一触即発《いっしょくそくはつ》の緊張感《きんちょうかん》に満ちている。警察や報道関係者だけでなく、誰もがホーク・アイの正体を暴《あば》こうとし、捕まえようとして沢《たく》山《さん》の罠《わな》を仕《し》掛け、手に手に武器を持って待ち構えているのだ。たった一人を捕《と》らえるために、あんなにも多くの群衆が。

『――どうして止めないんですか』

今度はまっすぐに声が出た。モニターとファイルを見比べていたレイが顔を上げる。

『犯罪だから、止めろという意味ですか』

『そうじゃないです、そんなことじゃなくて！』

美晴は激しく頭《かぶり》を振《ふ》った。

『犯罪だってこともあるけど、そんなことより心配じゃないんですか？　ジュエリー・コレクションが大事なのはわかるけど、でもそればっかり追いかけて、アーサーの「今」がなくなっちゃったらどうするんですか!?　あんな危険なことしてて、もし怪我《けが》したり、死んじゃったりしたら……っ』

自分の言葉にさあっと血の気が引いていく。

『そんな、そんなの、俺は嫌です……！』

いてもたってもいられずに、美晴は屋敷《やしき》を飛び出した。

＊

エド・クレイマンの滞在しているホテルはメイフェアのピカデリー通り沿いにあり、グリーン・パーク側へ向けて玄関《げんかん》を開いている。

その名の通り木々や芝生《しばふ》が緑色に生《お》い茂《しげ》る公園の中には、各メディアをはじめとする好奇心《こうきしん》旺盛《おうせい》な人々が大勢詰《つ》め掛《か》けていた。通りを挟《はさ》んだこちら側、ホテルの正面も黒山の人だかりだ。

ホテルのエントランスはガードマンがしっかり守っており、さらにその周囲を警官が固め、厳しく目を光らせている。ホテル内は関係者以外は立ち入り禁止、宿泊客《しゆくはくきやく》は別のホテルへ移動しており、ここにいる宿泊客はクレイマンのみのようだった。

ニュースでは、クレイマンはこのホテルのスイートルームに滞在していると報じていた。ただ何階にあるどの部屋かまでは、さすがに明らかにされていない。

そこにはもうない指輪を求めてシャツの胸元《むなもと》を握《にぎ》り締《し》めながら、美晴は整然と並ぶホテルの窓を見上げていた。

なんとかしてクレイマンに会えないだろうか。

美晴はスクープ狙《ねら》いのジャーナリストや野次馬《やじうま》に紛《まぎ》れ、ホテル内への侵入《しんにゅう》を何度か試みたが、警官やガードマンにことごとく撃退《げきたい》されてしまった。

『ほらもっと下がれ。邪魔《じゃま》だ、前に出てくるな！』

ホテルに近づこうとする人々を、警官たちが腕《うで》を大きく振って追い散らしている。

『いや、私はこのホテルに宿泊していたんだが、忘れ物をしてしまってね――』

『嘘《うそ》をつくな。おまえ、どこかの局のレポーターだろう。顔を見たことがあるぞ』

『あ、すいませーん。友達が今日ここに泊《と》まってるんで、会いにきたんですけど』

『お友達は別のホテルへ移動済みだ』

『俺はこのホテルの清掃《せいそう》バイトで』

『そんな顔はリストにない』

人種は違《ちが》っても、人の考えることに大きな違いはないらしい。今追い払《はら》われた人々の稚拙《ちせつ》な口実は、さっき美晴も口にして同じように弾《はじ》き出された。

今回の予告状には犯行時刻が明記されておらず、今夜とだけ書かれていたと発表されている。

ロンドンの夏は日が長く辺りはまだ明るいけれど、もう夜の八時を過ぎていた。

いつ現れるとも知れないホーク・アイに備えながら、暴徒と化しかねない群集を警戒《けいかい》しなければならない警官達はぴりぴりと神経を尖《とが》らせている。態度が硬化《こうか》し、隙《すき》あらばホテル内に潜《もぐ》りこもうとする者たちを乱暴に扱《あつか》うので、あちこちで小さな騒動《そうどう》が起きていた。

ホーク・アイによるロンドンでの犯行は先週に続いて二度目なので、それも仕方がないのかもしれない。先週よりも群衆の興奮と熱気は高く、警察は殺気立っている。

「どうしよう……」

警備員や警官達の容赦《ようしゃ》のない目が怖かった。もしホーク・アイが現れたら本当に発砲するのではないかと、そんな危惧《きぐ》すら抱《いだ》かせるほどだ。

焦燥《しょうそう》が美晴の胸を焼き、嫌な汗《あせ》が背中を伝った。

アーサーの身の安全を図《はか》るために、なにができるだろう。なんでもいい、なにかしたい。取り返しのつかないことになる前に。

――……そうだ。たとえば、ターゲットがなくなってしまったらどうだろう。

暗くなる前に首飾《くびかざ》りがクレイマンの手元を離《はな》れたら、犯行予告は無効になるかもしれない。だったらクレイマンが今のうちに誰かに首飾りを売ってしまえばいいのではないか……？　いや、ホーク・アイのターゲットを買おうとする物好きはいないだろう。なら、自分は？　自分が買って、アーサーに渡《わた》す。……無理だ。考えるまでもなく美晴には経済力がない。もっとも、確約があるなら他《ほか》の人間が首飾りを買うことはできないのだから、それ以前の問題だった。それならスイスへ行ったヴァレリー夫人が今すぐ帰国して首飾りを購入し、またスイスへとんぼ返りしてくれたらいいのに──。

埒《らち》もない考えが浮《う》かんでは消える。

気を揉《も》むうちに時は経《た》ち、時刻は九時を過ぎて日没《にちぼつ》を迎《むか》えた。

テレビ局や新聞社の車が煌々《こうこう》とライトを灯《とも》し、何人かのレポーターがカメラに向かって深刻そうに現場の様子を伝えている。グリーン・パークでは花火が打ち上げられたり、酔《よ》っ払《ぱら》い同士の喧嘩《けんか》が始まったりして、暗くなってから群集はいっそう異様な興奮を見せ始めた。

──もう、あんまり時間がない。

なんとかしてアーサーより先にクレイマンを見つけられないだろうか。クレイマンの傍《そば》で美晴がなにか騒《さわ》ぎを起こせば、首飾りを盗《ぬす》むどころではなくなって、アーサーは予定を変更《へんこう》するかもしれない。逆に、騒ぎに乗じて目的を遂《と》げるかもしれない。アーサーが無事に戻ってくるなら、もう他の事はなんでもよかった。

美晴は車道にまで溢《あふ》れている人込みから抜《ぬ》け出し、ホテルから少し離れた。この熱気と興奮に埋《う》もれていると焦《あせ》るばかりで頭が上手《うま》く働かないし、離れたところからホテルを観察することで侵入口が見つかるかもしれない。

ホテルの周囲をぐるりと回り、裏口のある通りから脇道《わきみち》へ入る曲がり角に立った。通りにはホテルの玄関側と同じくらい人がいたけれど、人込みから三十歩ほど離れただけで呼吸が随分《ずいぶん》と楽になる。更《さら》にもう十数メートル離れると警戒態勢にあるホテルの全景がよく見えた。

「アーサー……」

騒然《そうぜん》とした空気がホテル全体を包んでいる。

アーサーは警備と群集の目を掻《か》い潜り、張り巡《めぐ》らされた罠を軽々と飛び越《こ》えてターゲットの傍へ辿《たど》り着いただろうか。そうだといい。アーサーの無事を願いながら、美晴は週末に湖水地方へ小旅行へ出かけたことを悔《く》やんでいた。

もし土日の予定がなかったら、アーサーはもっと入念な準備ができたはずだ。今回に限って予告状で時間が明確にされていないのは、警察や各種メディアが指摘《してき》したように捜査《そうさ》を攪乱《かくらん》するためではなく、準備不足で指定したくてもできなかったからかもしれない。そう思うと美晴は胸が潰《つぶ》れそうになる。

「なんとかして中に入れないかな」

今見てきた裏口は、表の玄関と同じくらい警備が厳しかった。すべての窓は閉《と》ざされて、手の届きそうな場所には警官が配置されている。

ガードナー・コレクションみたいに、どこかの教会と地下通路で繋《つな》がっていればいいのに。そう思ったが、その抜け道を自分が知らなければ、あったとしてもなんの意味もないことに後から気づいて肩《かた》を落とした。

――どうしたらいいんだろう……。

力なく足元に視線を落とすと、スモークガラスの黒塗《くろぬ》りのセダンが静かに通りに入ってきた。ちょうど美晴の立っている角を曲がって狭《せま》い路地へ入るようで、セダンは目の前でスピードを緩《ゆる》めた。美晴が赤煉瓦《あかれんが》の壁《かべ》にぴたりと背中をくっつけて車をやり過ごそうとすると、徐行《じょこう》というよりほとんど停《と》まりそうなスピードにまで減速する。随分慎重《ずいぶんしんちょう》なドライバーだ。三輪車なみの速度で車体の半分が通り過ぎると、突然《とつぜん》、美晴の目の前で後部ドアが開いた。

「――ッ!?」

一瞬《いっしゅん》、なにが起きたのかわからなかった。

全身を襲《おそ》った衝撃《しょうげき》に、転んだのかと錯覚《さっかく》した。だが、そうじゃない。

後部シートから伸《の》びてきた手に、車中に引きずり込まれたのだ。

シートに倒《たお》れこみ、うつ伏《ぶ》せた頭の向こうでドアの閉まる重い音がした。黒塗りのセダンは密《ひそ》かに美晴を飲み込むと何食わぬ顔をして路地を折れ、速度を上げて走り出した。

「え、な、なに？　なにするんですか……!?」

美晴は跳《は》ね起き、閉ざされたドアに飛びついた。車のスピードは徐々《じょじょ》に上がっていたが、まだ飛び降りられる速度だ。急いでドアのロックを開けようとすると、背後から伸びてきた手に指を強く握り取られた。

「……！」

そろりと肌《はだ》を撫《な》でる、この触《ふ》れ方。背筋を駆《か》け抜けた蟻走感《ぎそうかん》に、反射的に手を振《ふ》り払った美晴は身体《からだ》ごと背後を振り返る。

『やあ、天野美晴くん。先日はどうも』

エド・クレイマン。

彼が、払われた手をひらりと胸の前で振っている。

──なに……？　なにが、どうなって……。

瞬《まばた》きも忘れ、目の前の男を凝視《ぎょうし》した。

クレイマンはホテルのスイートルームで、首飾りと共に警護されているはずだ。

昼に見たテレビのインタビューでは、予告状の届いたホテルでホーク・アイを待ち受けるのは怖《こわ》くないかと尋《たず》ねられ、及《およ》ばずながらホーク・アイ逮捕《たいほ》の一助になれば、などともっともらしく答えていた。

警察がホテルを厳重に警備していることと、そのインタビューがあったことから、誰もがターゲットの首飾りはクレイマンと共にホテルにあるものと考えた。それが、なぜ？

『なぜ、こんなところに……？　ホテルにいるんじゃ、なかったんですか』

『ホーク・アイも君のように騙《だま》されてくれるといいんだけどね』

クレイマンはおどけたように肩を竦《すく》めた。その声や仕種《しぐさ》に、既《すで》にホーク・アイを罠《わな》に嵌《は》めたかのような自信が透《す》けて見え、美晴を不快な気持ちにさせた。

『ホテルの周りがどんな騒ぎになっているか、ちょっと興味があったんだ。見に行ってよかった。君に会えたからね』

拉致《らち》さながらに車に引き込んでおいて「会えた」とはどういうことなのか。そもそもなぜ名前を知っているのだろう。美晴はついと眉《まゆ》を寄せる。

『ホーク・アイを見に来たのかな。なら今夜の予定は特にないんだろう？　少しドライブに付き合ってくれないか』

クレイマンが美晴の手を引き寄せて、キャンディの包みを握《にぎ》らせた。見れば、向かい合わせになったシートの間に簡単なテーブルのようなものがあり、ワインやシャンパンなどのアルコール、チーズやチョコレートなど軽くつまめるものが揃《そろ》っていた。

『コーヒー、紅茶もある。スコーンやビスケット、サンドイッチもね』

『結構です』

肩を抱き寄せようとするクレイマンの腕《うで》に抗《あらが》いながら美晴はキャンディをテーブルに返し、当惑《とうわく》して隣《となり》の男を見上げた。

『あの、クレイマンさん。今朝ホーク・アイから予告状を受け取ったんですよね？』

確認《かくにん》せずにはいられないほど、彼には緊張感《きんちょうかん》が欠如《けつじょ》していた。ホテル周辺は大変な騒ぎだし、美晴はといえばアーサーが心配で胃に穴が開きそうになっている。

しかし一番神経をすり減らすはずのターゲットの持ち主は腹が立つほど平然とし、寛《くつろ》いでいる様子だ。口調や態度も、オークションハウスでアーサーと話していたときと比べて随分と砕《くだ》けている。気安いというより、馴《な》れ馴れしい感じだ。

『予告状はもらったよ。そのおかげで今夜は一晩中ドライブだ』

肩を抱《だ》くことを諦《あきら》めたクレイマンは、今は美晴の髪《かみ》を指に絡《から》めてはするりと解《ほど》いて遊んでいた。手触《てざわ》りを楽しんでいるのが酔ったような目つきから窺《うかが》えて、ひやりと背筋が冷たくなる。

『一晩中？』

指に絡めた髪を唇《くちびる》へ持っていこうとするクレイマンから、美晴はぞっとして身を離した。

『それは、一箇所《いっかしょ》にずっといると危険だからですか』

『その通り。あまり遠くへ行くわけにはいかないけどね』

クレイマンとの間にできた一人分のスペースは、無遠慮《ぶえんりょ》に詰《つ》められて消滅《しょうめつ》した。得体の知れない危機感と嫌悪《けんお》に、美晴はドアに身を寄せる。これ以上は下がれないとわかっていたが、クレイマンが更に距離《きょり》を詰めてきたのでドアにぐいぐい身体を押し付けた。

『警察にはホテルを警備するように頼《たの》んである。彼らを囮《おとり》に私はこうしてロンドン市内を車でぐるぐる回っているんだ。少し離れてついてくる警備の車と、これと一緒《いっしょ》に』

クレイマンは足元のアタッシェを靴《くつ》の先で蹴《け》りつけた。

「あ……！」

蹴った。美晴の中で火花のような怒《いか》りが散った。それがホーク・アイのターゲットなら、中に入っているのはアーサーの一族が大事に受け継《つ》いできたジュエリーだ。アタッシェの上からとはいえ、仮にも骨董商《こっとうしょう》を営む人間がそれを蹴りつけるなんて信じられない振る舞《ま》いだ。

『なんてことするんですか』

美晴はクレイマンを睨《にら》みつけた。クレイマンは口元だけで薄《うす》く笑う。

『君はホーク・アイのファンなのかな。でも今回、奴《やつ》は失敗するよ。皆《みな》、君と同じように私がホテルにいると思い込んでいる。ホーク・アイもそっちへ行くだろうね。はは、無駄足《むだあし》だ。奴が捕《つか》まっても逃《に》げおおせても、失敗することに変わりはない』

アーサーはそんな間抜《まぬ》けじゃない。そう言ってやりたかったが、奥歯を嚙《か》み締《し》めて堪《こら》えた。

『明日になれば思い切り嘲《あざけ》ってやれるんだが、さすがに今は退屈《たいくつ》でね。自分の持ち物が狙《ねら》われるのも、意外とストレスになるものなんだ。なにか気を紛《まぎ》らわせるものが欲しかったんだが、君を見つけられて良かった。間抜けな怪盗《かいとう》が見当外れの場所を探している間に——』

クレイマンが美晴の肩を鷲摑《わしづか》みにし、捕《と》らえた身体を引き倒す。

『——私を虚仮《こけ》にしてくれた男に礼ができる』

「い……った、急に、なにを……っ」

摑まれた肩を強く押され、腰《こし》を乱暴に引きずられて仰向《あおむ》けに身体を倒された美晴は後頭部をドアに打ち付けた。クレイマンは構わず美晴をシートに組み敷《し》き、伸し掛《か》かる。

「……ッ」

欲望にまみれた男の目が間近に迫《せま》り、単純に痛みと乱暴な扱《あつか》いに腹を立てていた美晴は、ここにきて状況《じょうきょう》を理解した。

「嫌《いや》だ——！」

首を可能な限り捻《ひね》って、近づいてくる唇からぎりぎりで逃《のが》れた。荒《あら》くなったクレイマンの息遣《づか》いを首筋に感じ、気持ちの悪さに総毛立つ。覆《おお》い被《かぶ》さってくる男を押し退けようと必死になって抗ったが、体勢が不利な上、体格に差がありすぎた。

『へぇ、震《ふる》えてるんだ？　慣れているわりには随分初々《ずいぶんうい》うい》しい反応じゃないか』

「な、慣れてなんかない！」

怒鳴《どな》り返したものの、恐怖《きょうふ》に声が掠《かす》れた。頭上で一纏《ひとまと》めに押さえ込まれた両手が、どんなに抗っても自由にならない。歴然とした力の差に美晴は蒼白《そうはく》になった。

『身体が小さいから、唇も、耳も小さく繊細《せんさい》にできてるんだな』

顔を背けたため、露《あらわ》になった左耳をクレイマンの指がなぞっている。

『や、だ……やめて……っ』

『ああ、こんなところまで……実に肌理細《きめこま》かくて滑《なめ》らかだ。それに柔《やわ》らかい』

美味《うま》そうだ、と囁《ささや》かれて気持ちの悪さに喉《のど》が震える。首を振って逃れようとしたが、一瞬早く耳朶《みみたぶ》に歯を立てられた。

「や……っ」

びくっと竦んだ身体が嫌悪感に震えた。耳殻《じかく》をねっとりと舐《な》めあげられて、がくがくと膝《ひざ》が震えだす。服の上から身体を撫でられて、シャツ越《ご》しでさえはっきりとわかるクレイマンの手の熱さに凍《こお》るような恐怖が広がった。

――このひと、本気だ。

『随分怯《ずいぶんおび》えているようだけど、それが君の誘《さそ》い方？　アーサー・ガラードはそういうプレイが好きなわけか』

『ち、がう……、さそって、なんか……っ』

かたかたと歯が鳴り出した。美晴のあまりの怯《おび》えようにクレイマンが眉を寄せて身を起こす。

『君はガラードの玩具《おもちゃ》だろう？』

違《ちが》う。そう言いたいのにもう声が出せなくて、美晴は必死に首を振った。

『嘘《うそ》をつくな』

クレイマンが顎《あご》を摑んで青ざめた顔を覗《のぞ》きこんできた。恐怖のあまり目に涙《なみだ》が浮《う》かぶ。

それを見て驚《おどろ》いたように瞬きをしたクレイマンは、次の瞬間《しゅんかん》、肩《かた》を揺《ゆ》すって笑い出した。

『そうか、そうか。まだ手を出していなかったのか。それはいい！』

美晴を拘束《こうそく》する力がぎりぎりと強くなっていく。クレイマンは興奮しきった表情でこちらを見下ろしていた。

『光栄だよ。あの男の掌中《しょうちゅう》の珠《たま》を、誰より先に穢《けが》せるとはね』

「や……っ」

『そんなに怖《こわ》がらなくても、酷《ひど》いことはしないよ。隅々《すみずみ》まで君の肌触《はだざわ》りを楽しんだ後、身体《からだ》中、中も外もどろどろに私で汚《よご》しきったら帰してやる。ほら、大したことじゃないだろう？』

スラングまみれの英語は美晴には理解不能だが、舐めるような視線がすべてを物語っていた。

冷たい恐怖が美晴の身体と思考をきつく縛《しば》りあげる。しかしクレイマンの指がシャツのボタンを外し始めたことに気づくと、弾《はじ》かれたように身をしならせて逃れようと暴れ始めた。

『放して！　やめてください……っ』

『そう暴れられると興奮するな。……ああ、肌《はだ》が薄く色づいてきた』

ボタンを外す手を止めて、扇情的《せんじょうてき》だ、とクレイマンが喉元《のどもと》を撫《な》でてくる。

『お取り込み中、申し訳ありません。追尾車《ついびしゃ》がいますが、どういたしますか』

それまで沈黙《ちんもく》を守っていたドライバーがふいに尋《たず》ねてきた。男は警察関係者ではなく、クレイマンの雇《やと》っているドライバー兼《けん》ボディガードだ。

美晴の滑らかな喉や首筋を味わうように撫でているクレイマンは顔も上げずに答えた。

『警察だろう。警護の車が距離を空けてついてきているはずだ。……ああ、これは使えるな』

暴れる美晴を改めてシートに押さえつけなおし、いきなりベルトに手をかける。

「やめろ、嫌だ！　やだってば……！」

『警察の車両ではなさそうです。一本向こうの路地を併走《へいそう》しているようですが』

『マスコミだったらまずいな。上手《うま》く撒け』

引き抜《ぬ》いたベルトを使い、美晴の両手は背中で一つに縛られた。恐《おそ》ろしくなってめちゃくちゃに暴れると、クレイマンは引き出したシートベルトを手馴《てな》れた様子で美晴の身体に一巻きし、カチリと固定してしまう。

「な、にするんだっ、この変態……！」

『さあ、楽しませてもらおうか』

舌なめずりをせんばかりの表情で、クレイマンが美晴の上に馬乗りになった。片手で美晴の口を塞《ふさ》ぎ、上から順にシャツのボタンを外していく。

「ん、んんっ、うーっ」

『私は手触りのいいものが好きでね。古美術品では磁器やガラスが最高だが、人間ならやはり肌の綺麗《きれい》な色白の東洋人に限る。色々試《ため》してはきたが――』

「……っ」

シャツを開き、晒《さら》された素肌《すはだ》にクレイマンの目が釘付《くぎづ》けになった。ごくり、と喉が上下する。

『想像以上だ……』

溜息《ためいき》のように呟《つぶや》いて、ゆっくりと手を伸《の》ばしてくる。初対面で手を撫でられたときのことを思い出し、美晴の全身に一気に鳥肌《とりはだ》が立った。

——嫌だ……！

嫌悪と屈辱《くつじょく》で一杯《いっぱい》になって、ぎゅっと瞼《まぶた》を閉《と》ざした瞬間、

『うわぁっ⁉』

ドライバーが叫《さけ》んで急ブレーキをかけた。

がくん、と車体が大きく揺れて停止する。その揺れが収まらないうちに外からドアが開かれたかと思うと、美晴の上から転がり落ちたクレイマンが妙《みょう》な呻《うめ》き声を残して車内から消えた。

——こんどは、なに？

危機的状況に晒され続けていた美晴は、なにが起きたのかもわからないまま逃げだそうと身をもがいた。しかし身体にはシートベルトが絡《から》みつき、両手は背中で縛られたままだ。強張《こわば》った身体は錆《さ》びついた機械のようにぎくしゃくとして思うように動かず、それでもなんとか自由を取り戻《もど》そうと必死に身を捩《よじ》っていると、急に身体を縛《いまし》めていたものがなくなった。

「美晴」

覚えのある暖かい空気にふわりと全身を包まれた。けれど自分以外の誰かの存在に酷く怯えていた美晴には、その温《ぬく》もりさえ恐ろしい。鋭《するど》く息を飲んで竦《すく》みあがると、目眩《めまい》のような浮遊《ふゆう》

感《かん》に襲《おそ》われて耳元に冷たくて甘い声を聞いた。

「門限は七時。もう十時過ぎだ。夜遊びの許可を出した覚えはないんだが」

抱《だ》き起こされた腕《うで》の中、え…、と微《かす》かに目を見開く。

「あ、……アーサー……？」

吐息《といき》がかかるほど近くから覗き込んでくるブルーグレイの瞳《ひとみ》。彼が今ここにいるのが信じられずに恐る恐る手を伸ばしたら、指に確かな手応《てごた》えがあった。幻《まぼろし》じゃない、――本物だ。

「大丈夫《だいじょうぶ》か。なにをされた」

なにかを押し殺したような声が低く問うてくる。真剣《しんけん》な目を向けられて、なぜだか身体中に痺《しび》れるような感覚が走った。

「よく、わかんない……」

美晴は頼《たよ》りなくアーサーの胸にしがみつく。すぐさま抱き返されて安心したら、逆に恐怖が蘇《よみがえ》り、身体中がどうしようもなく震えだした。

「い、いきなり……、車に、引き摺《ず》りこまれて。最初は、ホーク・アイのことを話してたのに、急に……、虚仮《こけ》にされた礼をするとか、言いだして。それで、シートに押さえつけられて」

キスから逃《に》げたら、耳を噛《か》まれたり舐められたりしたような気がする。そう言うと、即座《そくざ》にそこに痛いくらいのキスをされた。

「後は」

「あとは……喉を。それと、服の上から、ちょっと触《さわ》られた」

「これは」

喉にも噛み付くように口づけながら、アーサーがはだけられたシャツを引く。

「ボタンを外された、だけ。触られそうになったら、急に車が止まって……。後は、よく……わかりません」

「そうか」

詰《つ》めていた息をアーサーが長く吐《は》き出した。

「まったく……。危なくて少しも目が離《はな》せないな」

まだ上手く身体の動かない美晴をアーサーは両腕《りょううで》で掬《すく》い上げた。

横抱《よこだ》きにされたまま車を降りると、石畳《いしだたみ》にクレイマンとドライバーが伸びているのが見えた。

辺りは人気のない寂《さび》れた路地で、車は狭《せま》い道を塞ぐように斜《なな》めに停車している。びっくりしすぎて顎が外れた、そんな間の抜けた雰囲気《ふんいき》で車のボンネットが跳《は》ね上がっていた。

これはきっとアーサーの仕業《しわざ》だ。走行中、急にボンネットに視界を遮《さえぎ》られたからドライバーが慌《あわ》ててブレーキを踏《ふ》んだのだろう。

「警護の車両が来ないうちに退散しよう」

アーサーは美晴を抱いたまま、一本向こうの路地へ走った。

クレイマンのドライバーが言っていた追尾車はこの車のことだったのかもしれない。待機していた車の運転席にレイがいるのを見て、美晴はぼんやりとそう思った。

レイはさっと美晴の全身に目を走らせて怪我《けが》のないことを確認《かくにん》すると、頷《うなず》くように顎を引き、車を発進させた。何度か角を折れると、もう何本か向こうに遠ざかったあの路地を車が二台、スピードをあげて走っていくのが小さく見えた。

『警護の車だな。気の毒に』

美晴を腕に抱いたままアーサーが笑い混じりに呟いた。クレイマンのドライバーは不審《ふしん》な追尾車を振《ふ》り切る代わりに、警護についていた警察車両を撒いてしまったようだ。

美晴は車窓を流れてゆく闇《やみ》に沈《しず》んだ路地から、フロントガラスに映るロンドンの夜景へ視線を転じた。

どこまで来たのだろう。ライトアップされて厳《おごそ》かに聳《そび》え立つロンドン塔《とう》やタワーブリッジが遠く見える。

『——あ。そういえば、首飾《くびかざ》りは』

アーサーの温もりに包まれ、レイの顔を見たら安堵《あんど》に気持ちが解けたらしく、美晴は今になってそのことを思い出した。

思い返せば、アーサーはクレイマンの車から美晴以外のものを持ち出していなかったような気がする。そんな所は見なかったし、そもそもなにかを物色するような暇《ひま》がなかった。

ホーク・アイ、初の敗北。

そんな見出しの新聞記事が脳裏《のうり》を過《よ》ぎり、美晴は焦《あせ》ってアーサーを振り仰《あお》いだ。

『車の中！　あの車の中のアタッシェに首飾りが入っているはずです。本人がそう言ってた』

しかし警護の車がクレイマンのもとに到着《とうちゃく》している今となっては、こんな情報はなんの役にも立ちはしない。

『どうしよう、ごめんなさい。俺、もっと早く言わなきゃいけなかったのに』

『大丈夫。落ち着くんだ』

むずかる子供を宥《なだ》めるようにアーサーが美晴の背中をゆっくりと叩《たた》いた。

『でも……っ』

『心配ない。探し物ならここにある』

アーサーの手がスーツの内ポケットへ差し入れられたと思ったら、マジックのようにそこから首飾りが現れた。

大粒《おおつぶ》のルビーを惜《お》しげもなく使い、ダイヤモンドで飾《かざ》り立てた豪奢《ごうしゃ》な首飾り。シルクスカーフに包まれたそれは間違《まちが》いなくホーク・アイのターゲットだ。

『いつの間に……』

『泥棒《どろぼう》の嗜《たしな》みだ』

驚《おどろ》く美晴に悪戯《いたずら》っ子のような笑《え》みで答え、アーサーは首飾りを元通りにポケットへしまった。

『策士を気取ったところでクレイマンは策に溺《おぼ》れるタイプだ。だから読みやすい。ホテルの部屋が空になっていることも、クレイマンと首飾りが街を車で流していたことも、似たような囮《おとり》の車が数台出ていたこともわかっていた。ドライバーの走行パターンの割り出しもそう難しいことじゃない。問題だったのは、イレギュラーの発生だ』

『イレギュラー？』

『前回に引き続き、またも美晴だ』

……あ。と美晴は口元を押さえた。

『あ。じゃない。レイから連絡《れんらく》を受けたとき、どれほど驚いたと思っているんだ』

アーサーの顔から表情が抜《ぬ》け落ち、眼光が見る間に温度を下げた。

『念のためにとレイがクレイマンを追尾《ついび》していたからすぐに動けたが、もし一時間遅《おく》れていたらどうなっていたと思う』

あの状況《じょうきょう》から一時間——想像するだけで胃が凍《こお》りそうだ。

『ごめんなさい』

肩《かた》を落として俯《うつむ》くと、アーサーが留めてくれたシャツのボタンが目に入った。なにをしているのだろう、自分は。考えなしに屋敷《やしき》を飛び出した結果、迷惑《めいわく》をかけただけだった。

しかも美晴はアーサーのことが心配じゃないのかとレイを詰《なじ》ってもいた。レイはあのとき、緊迫《きんぱく》した様子でファイルや地図、モニターを見比べては小まめにメモを取っていた。ファイルの厚みはただごとではなかったし、あの時点で既《すで》にアーサーのサポートを務めていたのかもしれない。きっとそこまでは二人の計画通りだったはずだ。それを美晴が台無しにした。

『美晴の行動は、本当に予測不可能だ』

そろそろ首輪が必要だな、などと溜息混じりに言われても、返す言葉がなかった。

＊

滑《すべ》るように走っていた車が、風が止《や》むような静けさで止まった。

『迷惑をかけて、すみませんでした』

屋敷の門前に横付けにされた車から降りる前に、美晴は悄然《しょうぜん》としてレイにもぺこりと頭を下げた。思えばレイには謝ってばかりだ。謝らなければならないようなことばかり、自分がしているからだった。

『別に。不測の事態はままあることです』

レイは軽蔑《けいべつ》の眼差《まなざ》しを美晴に浴びせたりはしなかった。素っ気ないのはいつも通りだが、声には以前よりずっと温かな親しみが込められている。そこにレイの優《やさ》しさと気遣《きづか》いを感じて、美晴は却《かえ》って顔を上げられなくなった。

そんな美晴を門の中へと促《うなが》し、アーサーはレイを振り返る。

『今日は助かった』

『私はあなたの指示に従ったまでです』

軽く首を振ったレイにアーサーは苦笑《くしょう》を浮《う》かべた。美晴の肩にそっと手を乗せ、ここにいるようにと仕種《しぐさ》で伝えると彼はレイの傍《そば》へ戻《もど》っていく。

鉄の門に隔《へだ》てられた向こう側であの親密な空気が流れたことに、美晴の胸が不可解に騒《さわ》いだ。

『疲《つか》れただろう。車は置いていっていい。処理は私がしよう』

『いえ、あんなことのあった後ですからアーサーはここに。車は適当に処理します』

『そうか。済まないが頼《たの》む。気をつけて』

はい、とレイが微笑《ほほえ》むのが見えた。

レイはいい人だ。最初は怖《こわ》かったけれど、もうそんなふうには思わない。アーサーがレイを傍に置く理由が、今なら美晴にもよくわかる。

綺麗《きれい》で有能で一途《いちず》な人。簡単に他人を受け入れないが、一度受け入れたら絶対に裏切らない。そんな人が傍にいたら手放すことなどできないだろう。レイがいるからアーサーは、ホーク・アイとして危険な仕事を続けることができるのだ。

冷えた夜風が通り抜けた。

とっさに細めた美晴の目に、頬《ほお》に乱れかかったレイの髪《かみ》をアーサーが払《はら》って耳にかける様子が映った。その耳へと長身を優雅《ゆうが》に屈《かが》めて、アーサーが何事かを囁《ささや》く。

真珠《しんじゅ》。プレゼント。

そんな囁きの断片《だんぺん》が風に乗って美晴のもとへ運ばれた。レイに真珠をプレゼントする約束でもしたのだろうか。一瞬《いっしゅん》、目を瞠ったレイが呆《あき》れた様子でアーサーを見上げ、首輪だなんて、となぜかこちらの様子を気にしてくる。そんなレイの顎《あご》をアーサーはさっと捕《つか》まえた。余所見《よそみ》をするなとばかりに自分のほうへと向きなおさせると、立てた人差し指を唇《くちびる》に当てる。

ガタンッ、と急に強くなった風に鉄門が音を立てて揺《ゆ》れた。

――内緒《ないしょ》、なんだ……？

アーサーとレイだけの。

冷たい水のような悲しみがひたひたと寄せてくる。それは胸の不快なざわめきを静かに飲み込み、底のほうへと沈めてゆく。

――ああ、……そっか。

美晴がレイに食事を出したときアーサーが不機嫌《ふきげん》になった理由がやっとわかった。最初の頃《ころ》、レイが美晴に対して冷淡《れいたん》だった理由も。

今まで知らずに塞《ふさ》がれていた視界を急に開かれたような気がした。どうして今まで気づかなかったのか、我ながら不思議で滑稽《こっけい》だ。

きっとあの二人は付き合っている。あんなにも親密な空気が生まれるのは、そのためだ。

胸の奥がずきりと痛んだ。内緒話《ないしょばなし》をする二人から美晴は身体《からだ》ごと目を背《そむ》け、背中を冷たい鉄門に預ける。

なぜ、こういうタイミングでこんな気持ちに気づくのだろう。自覚なんてしたくなかった。できることなら気づかないまま帰りたかったと、美晴は唇を噛《か》み締《し》める。

確かにアーサーは美晴に優しくしてくれた。

けれど彼が美晴を構うのは『花嫁《はなよめ》の指輪』を手に入れるためだ。美晴を抱《だ》き締めたりキスをするのは単なる遊びの延長にすぎず、彼にとって大事なのは失われたジュエリー・コレクションを取り戻すこと、それだけだ。そのためならアーサーは命だってかけられる。

今夜の出来事が図《はか》らずもそれを証明した。

あのとき美晴を真っ先に抱き寄せてくれたから、首飾りのことを忘れるほどに気に掛《か》けてくれたのかと心のどこかで喜んでしまったけれど、彼はきちんと仕事をこなしていた。

アーサーが美晴のことを心配したのは事実だろう。けれど、彼の優しさを勘違《かんちが》いしてはいけなかった。それとこれとはまったく別の話なのだ。

彼は美晴のことを気に掛けていても、ジュエリー・コレクションを忘れることは決してない。

頭の半分が面白《おもしろ》がってきわどいゲームを仕掛けても、残りの半分で冷静に『花嫁の指輪』を取り戻す算段をつけている。彼は猫《ねこ》をじゃらすような感覚で遊んでいるだけで、美晴のことなど最初から眼中にないのだ。

『それじゃ、済まないが宜《よろ》しく頼む』

『了解《りょうかい》しました、車も真珠も。……ご健闘《けんとう》を祈《いの》ります』

お休みなさい、と軽く会釈《えしゃく》してレイが車を発進させる。それを背中で感じても振《ふ》り向くだけの気力はなかった。

やがて戻ってきたアーサーが、どういうつもりなのか美晴を深く抱き締める。

「本当に無事でよかった」

あまり心配させるな。そう言って息をつくのはホスト・ファミリーとしての責任感からだろう。美晴はそっと瞼《まぶた》を下ろし、包み込まれる温かさを全身で感じ取る。

温かい。でも、その分だけ壊《こわ》れそうに寂《さび》しい。
切ないというのは、こういうことか。
生まれて初めて、そんな気持ちを味わった。

5

手を摑《つか》まれたと思ったら、とん、と背中に壁《かべ》が当たり、美晴は己《おのれ》の失敗を悟《さと》った。

『今日はこれで何度目だ？　随分《ずいぶん》熱心じゃないか』

美晴を壁に押し付けて、アーサーが片眉《かたまゆ》を軽く上げる。

この数日、美晴は脇目《わきめ》もふらずに『王の指輪』を狙《ねら》っていた。必死さの中にじゃれあいのような雰囲気《ふんいき》もあった以前とは違《ちが》い、ゲームは遊びの域を超《こ》え、真剣《しんけん》勝負になっている。朝、顔を合わせた瞬間《しゅんかん》から始まる攻防戦《こうぼうせん》は、夜遅《おそ》くに互《たが》いの寝室《しんしつ》に引き取るまで続いていた。

『せっかくのゲームだ。楽しまなければ確かに損だが、こう必死になられると複雑だな。私は嫌《きら》われたか？』

『嫌いじゃ、ないです。でも、……』

読めない表情を浮かべたアーサーが瞳《ひとみ》を覗《のぞ》き込んでくる。美晴は動揺《どうよう》を悟られないように、壁に固定された手首へさり気なく視線を移した。

『もう、時間がないから』

『……ああ。美晴は今週末に帰国するんだったな』

アーサーの手に力がこもるのを摑まれた手首で感じた。心の表面にさざなみが立つ。

『ずっとここにいるような気がしていた』

『土曜日までです』

声が乱れないように気をつけながら、ふと美晴は寂しさを覚えた。

オークションの翌日、三度目のキスをしてから彼は頻繁《ひんぱん》に美晴に口づけてきた。先週末の旅行のときはペナルティの有無《うむ》に拘《かかわ》らず、隙《すき》あらば髪にも頬にも唇にも、遠慮《えんりょ》なく唇で触《ふ》れてきた。キスは勿論《もちろん》、逃《に》げて暴れて抵抗《ていこう》する身体を強引《ごういん》に抱き込むこと自体が楽しくてならないというように。

今は、それがなくなった。クレイマンが触れた所に落とされた痛いキスが最後だ。

アーサーとレイの関係を悟って以来、自分がアーサーに対して壁を作っていることを美晴は自覚していた。アーサーはそれをクレイマンに襲《おそ》われかけたショックのせいだと考えている。その誤解は美晴にとってはある意味で救いだったけれど、自分で拒否《きょひ》しておきながら彼が必要以上に触れてこなくなったことに身勝手にも傷ついていた。

アーサーはもう美晴に興味がないのかもしれない。そんな風に考えてしまうのは、ふとした拍子《ひょうし》に蘇《よみがえ》るクレイマンの声のせいだ。ガラードの玩具《おもちゃ》。その言葉が今また耳の底で谺《こだま》した。

『食事に行こうか』

アーサーが身を引き、手首を捕《と》らえていた力が緩《ゆる》んだ。あっさりと遠ざかった体温のせいで周囲の温度を肌寒《はだざむ》く感じて、美晴は小さく震《ふる》えた。

はい、と応じながら目を伏《ふ》せて、強く願う。

『王の指輪』を手に入れたい。

ゲームに負けて、指輪のおまけで一晩だけアーサーのものになるなんて、とても受け入れられなかった。

帰国を明日に控《ひか》えた金曜日ともなると、美晴の神経は朝から痛いほどに張り詰《つ》めていた。

語学研修の最後の授業も、ろくに頭に入らない。

今夜、二十四時でゲームは終了《しゅうりょう》してしまう。残された時間はごくわずかだ。

二週間だけのクラスメイト達とメールアドレスを交換《こうかん》して別れ、急いで帰宅した美晴は玄関《げんかん》ホールで見つけたアーサーに早速《さっそく》勝負を挑《いど》んだ。

『――おっと。まったく油断も隙もない』

出会い頭《がしら》に急襲《きゅうしゅう》したのに、両手を一纏《ひとまと》めにして摑みあげるアーサーの余裕《よゆう》ときたら、いっそ腹立たしいほどだ。

『なんで、そうやって邪魔《じゃま》するんですか』

勝負を争うゲームである以上、それは愚問《ぐもん》だ。けれど猫の子を摘《つま》み上げるような容易《たやす》さで腕《うで》を捕《とら》われた悔《くや》しさに、美晴はつい恨《うら》みがましく青い瞳を睨《にら》んでしまう。

『そんなに勝ちたいか』

『勝ちたいです』

勝って二つの指輪をアーサーに返し、『ロイヤル・ロマンス』の伝説など綺麗になかったことにしたい。

即答《そくとう》した美晴に、アーサーは一瞬《いっしゅん》複雑な顔を見せた。困ったような傷ついたような、そんな表情を苦笑《くしょう》の中に溶《と》かし込んでいたような気がする。

ずきりと胸が痛み、美晴は吸い寄せられるように彼の瞳の奥を覗き込んだ。けれど、

『――お茶が冷めるんですが』

アーサーの奥底に隠《かく》されている感情を探《さぐ》り当てようとした美晴の意識は、静かな声に遮《さえぎ》られた。はっとして振り向くと、腕組《うでぐ》みを解《ほど》いたレイが軽く肩《かた》を竦《すく》めている。

『ごめんなさい。今行きます』

途端《とたん》に後ろめたさが込み上げてきた。美晴は掴まれていた手を振り解き、アーサーから逃げるように小走りで居間へ向かう。レイがなにか含《ふく》みのある眼差《まなざ》しを美晴に向けてきたけれど、口に出してはなにも言わなかった。

『……この後の商談の根回しは済んでいると仰《おっ》しゃっていましたね』

『その通りだ』

『エアチケットの手配もしてしまったとか。どちらも無駄《むだ》にならないといいんですが』

『さあ、どうだろうな』

レイの小さな溜息《ためいき》と、苦笑ぎみのアーサーの声を背中に聞いた。

その会話の意味がわからなくても、気にする必要なんてない。

自分は明日には二人と別れ、日本へ帰るのだから。

『それでは、私はこれで』

三人での最後のティータイムの途中《とちゅう》、鞄《かばん》を手にしてレイが立ち上がった。

今日は商談があるとかで、レイはそれを済ませたら直帰の予定になっている。

明日は休日なので、レイがこの屋敷《やしき》に来ることはない。プライベートではわからないけれど、そこは美晴には関係のないことだ。

レイとは、今日の今が最後になる。けれどレイは美晴に別れの挨拶《あいさつ》やお礼を言う暇《ひま》も与《あた》えてくれず、軽い会釈を残して屋敷を出て行ってしまった。

『……ほんとに行っちゃった』

レイはアーサーの恋人《こいびと》だから、美晴にとっては恋敵《こいがたき》になるはずだ。けれど美晴はレイのことも好きだった。最初はあんなに怖《こわ》いと思ったのに、一見冷淡《れいたん》な言動から窺《うかが》える優《やさ》しさや気遣《きづか》いに触れるうち、気づけば慕《した》うようになっていた。これでお別れか。そうと思うと寂しいけれど、レイらしい別れ方のような気もした。

「出かけようか」

レイの出て行ったドアを見つめて立ち尽《つ》くしていると、アーサーが肩を並べてきた。誘《さそ》いの言葉は日本語だ。学校が終わり、レイがいなくなったので日本語解禁になったらしい。

「出かけるって、どこへ行くんですか」

アーサーが付き合ってくれたから、両親が訪《おとず》れた場所はほぼ回り終えている。

「ガードナー・コレクション。あの美術館の中庭をまだちゃんと見ていなかっただろう」

「ガードナー、コレクション……」

嚙《か》み締《し》めるように呟《つぶや》いたその名は特別な感慨《かんがい》をもたらした。

「そっか。……なんか、色々あって忘れてました」

小さく微笑《ほほえ》みながら、脳裏《のうり》に様々な場面を思い描《えが》く。両親の思い出を追いかけて辿《たど》ったどの場所も、気づけばアーサーとの思い出として美晴の中に刻まれていた。

その中でもガードナー・コレクションは特別だ。

「行くだろう？」

断る理由はなにもない。

はい、と小さく顎《あご》を引いた。

＊

人影《ひとかげ》はまばらだった。

ホーク・アイの犯行日の混雑ぶりが嘘《うそ》のように閑散《かんさん》としたガードナー・コレクションの館内を、二人は言葉少なに見て回った。

美術館も石造りの回廊《かいろう》も、たった二週間前に訪れた場所なのになんだかひどく懐《なつ》かしい。ただ、『王の指輪』が展示されていた二十四室は改装のため立ち入り禁止になっていた。

「探していたアリアという骨董店《こっとうてん》だが、数年前に店を閉めたそうだ」

中庭を見下ろす回廊を東へと進みながら、アーサーが教えてくれた。

オークションハウスからの帰り際《ぎわ》、居合わせた人々にアリアのことを尋《たず》ねてみたのだという。

美晴の脳裏にあのときの子供じみた自分の態度が蘇り、顔から火が出そうになった。自覚はなかったけれど、あの時点で自分はアーサーのことを好きになっていたのだろう。だから彼を遠くに感じることが寂《さび》しくて、彼を取り巻く女性には嫉妬《しっと》して、勝手にオークションハウスを飛び出した。

「アリアはロンドンではなく、バースにあったらしい。小さいが、時々驚《おどろ》くような掘《ほ》り出し物が見つかる店だったようだ」

あのとき尋ねた人々のうちの何人かが情報をくれたという。そのどれもが同じ内容だったので確認《かくにん》したところ、アリアという骨董店が閉店したことは間違《まちが》いないということだった。

「……そっか。アリアはなくなっていたんですね。調べてくれてありがとうございました」

寂しさが風のように首の後ろを掠《かす》めたが、美晴はその事実を落ち着いて受け入れることができた。思ったほど落胆《らくたん》していないことが不思議なような、そうでないような、妙《みょう》な気分だ。

アリアという骨董店は両親にとっての大切な思い出の店なのであって、美晴のものではないからかもしれない。美晴は両親の辿った道を同じようになぞるのではなく、これから自分自身の足跡《そくせき》を刻んでゆき、その道々で自分にとっての大切なものを得ていくのだろう。

回廊から見下ろす中庭には、手入れの行き届いた生垣《いけがき》が幾何《きか》学《がく》模様を描いていた。白い石を敷《し》き詰めた小道と緑の対比が目に鮮《あざ》やかだ。

生垣で区切られた不思議な形の庭の向こうに大理石の噴水《ふんすい》があり、様々な種類のトピアリー、つるバラの絡《から》められたアーチやブランコなどがバランス良く配置されている。花壇《かだん》や生垣の中には色とりどりの花が競《きそ》うように咲《さ》き誇《ほこ》り、風に煽《あお》られて二階にまでその芳香《ほうこう》が届いてきた。

「ここだ」

東の回廊の真中でアーサーが立ち止まる。見てごらん、と指をさされた方向を見て、あ……、と美晴は声を漏《も》らした。

「これは――」

庭の中央。自由な曲線を描いていたかに見えた刈《か》り込まれた緑の低木が、明確なラインを描いて浮《う》かび上がってくる。

なんだろう――人、だ。横を向いた女性の立ち姿。

植えられた花々がドレスや手元のブーケとなって、花と緑で描かれた女性の姿を優美に彩《いろど》っている。

ティアラのような噴水の噴《ふ》き上げる水の粒子《りゅうし》が陽射しを受けてきらきらと輝《かがや》き、白い花々と共に彼女の頭上をふわりと覆《おお》っていた。優しい曲線を描く水路と、その縁《ふち》に植えられた淡《あわ》い色彩《しきさい》の花々が長く尾《お》を引いている。あれは花嫁《はなよめ》のベールだ。

結婚式《けっこんしき》の直前か、それとも最中なのだろうか。幸せそうな光景だった。うさぎや小鳥のトピアリーや天使の彫刻《ちょうこく》に囲まれて、彼女は静かに顎を上げ、まっすぐに前を向いている。

「……ここからでないと、見えないんですか」

「そう。東の回廊の中央から右へ、およそ二歩。花嫁の介添《かいぞ》えをする父親の位置だ」

噴水や芝生《しばふ》、石畳《いしだたみ》。ノットガーデンにボーダーの花々。他《ほか》の場所から見たときは、ただ美しいだけのどこにでもあるような庭園だった。けれどこの位置に立った途端、まるで騙《だま》し絵のように隠されていたものが浮かび上がってくる。

「母さんが感動したはずです。新婚《しんこん》旅行の最中だったんだから」

くすりと笑《え》みが零《こぼ》れた。母は雑貨が好きで花が好きで、いつまでたっても夢見る少女のような人だった。

この景色《けしき》を見たとき、きっと母はあの女性に自分を重ねただろう。この庭を造ったであろう女性の父親に、やはり自分の父親を重ね、感動して涙《なみだ》ぐんだに違《ちが》いない。そんな母を慌《あわ》てて宥《なだ》める父の姿が目に浮かぶようだ。

胸に温かなものが満ちた。

母が見たものを見て、同じように感動できなかったらどうしよう。そんなふうに考えていた自分が今はおかしくて、少し悲しかった。

あのときの自分は母が生きていた頃《ころ》の家族に固執《こしゅう》していた。過去にしがみついていた。けれど、もうそればかりに捕《とら》われていないで今を大事にしよう。今、感じていることや隣《となり》にいてくれる人のことを心に刻みつけておきたい。後悔《こうかい》することのないように。

「私の今がなくなったら、どうするんだ」

「……え？」

自分の思いに沈《しず》んでいた美晴は、その言葉を理解するのに一呼吸遅《おく》れた。

「そう言ったそうだな。レイから聞いた」

あ…、と気まずい思いで目を伏《ふ》せる。

「ごめんなさい。わかったような口をきいて」

「なぜ。謝るようなことじゃないだろう」

「だって俺も、こうして両親が訪れた場所を辿っているし。人のこと、言えなかった」

でも、と美晴は、陽射《ひざ》しに暖められた石造りの手摺《てす》りに両手を乗せる。

「でも俺、少し変われたような気がします」

「変わった？」

アーサーが興味を示して尋ねてくる。頷《うなず》いた美晴は吹き抜《ぬ》ける風に顎を上げ、柔《やわ》らかそうな雲を浮かべたロンドンの夏空を仰《あお》ぎ見た。

「今まで俺には、余裕《よゆう》が全然なかったんだと思います。母さんがいなくなったことや父さんが帰ってこなくなったことが納得《なっとく》できなくて、受け入れられなくて。どうしたら寂しくなくなるんだろう、どうしたら父さんは前みたいに俺のこと見てくれるだろうって、そればかり考えて、苦しいだけだった。でもロンドンに来て色んなことがあって……、ちょっと変われたと思います」

「どんな風に」

「それは……、うまく言葉に出来ないけど」

どう説明しようかと言葉を途切《とぎ》らせた美晴のことを、アーサーはゆっくりと待っている。美晴は自分の中に生じた変化を考え考え言葉にした。

「ロンドンに来て、あなたに出会って。あなたは泥棒《どろぼう》だったり、変なゲームを仕掛《しか》けてきたりで、最初はおかしな人だと思いました。あなたに振《ふ》り回されて、毎日大変だった。でも、そうやって振り回されて心を思い切り掻《か》き回されたら、ぎりぎりまで一杯《いっぱい》になっていた気持ちの中に、なんていうか……余白、みたいな部分ができたんです」

そうしたら呼吸が少し楽になって、周りが見えるようになってきて。

「その余白のところに、あなたの優《やさ》しさとか、温かさが……沁《し》み込んできた」

それは美晴の中に居座って、消えるどころか徐々《じょじょ》に広がり、気づけば心の大半を占《し》めていたのだけれど。それは言う必要のないことだ。

「一緒《いっしょ》に両親の足跡巡《そくせきめぐ》りをしてくれたでしょう？　骨董店も探してくれた。見つからなくて落ち込むと、あなたはいつも励《はげ》ましてくれて……嬉《うれ》しかったんです、凄《すご》く。心強かった。あなたが傍《そば》にいてくれたから、両親の思い出の場所を回っていても寂しくなかった。母さんのことを考えるといつも悲しくて苦しかったのに、今はもうそんなふうには思わない」

懐《なつ》かしいような、優しい気持ちで思い出すことができる。

「そうやって自分の気持ちを整理できたのは、たぶん……あなたのおかげだと、思っています」

話しているうちに、パニックになった展示室から連れ出される直前に、アーサーの上着に包まれた感覚を思い出した。

あのとき美晴は、自分の周囲に常に存在しているあらゆる棘《とげ》から守られたような気がした。痛いことも怖《こわ》いこともないように、優しくて温かいものにすっぽりと包み込まれたような――。

あのとき感じた安心感は、今でも美晴の胸に残っている。もしかしたら、あれが変化の第一歩だったのかもしれない。

「随分《ずいぶん》と持ち上げられたものだ」

アーサーが微苦笑《びくしょう》を浮かべながら、珍《めずら》しく目を伏せて呟《つぶや》いた。

「私はそう温かい人間じゃない。それでもそう感じたのなら、それは美晴が私を温めたせいだ」

「え、……？」

美晴は瞬《まばた》きをした。

「私にとっても美晴は温かかったということだよ」

意味がよくわからない。そんな思いを乗せたまま美晴はアーサーを振り仰いだけれど、彼はもうどこか遠くへとその眼差《まなざ》しを向けていた。

「真珠《しんじゅ》がどうやって生まれるか、知っているか」

急な話題の転換《てんかん》だったが美晴は「いいえ」と首を振り、彼の話にじっと耳を傾《かたむ》けた。

「砂や棘や小さな異物が、なにかの弾《はず》みで貝の中に紛《まぎ》れ込む。貝の身体《からだ》は柔らかく、少々の異物にでも簡単に傷ついてしまうから、異物の存在は貝にとって酷《ひど》い苦痛だ」

異物に傷つけられないように、貝は懸命《けんめい》に殻《から》の内側と同じ成分の膜《まく》を吐《は》き出し異物を包み込んでいく。けれど、その膜はあるのかないのかわからない、極限の薄《うす》さだ。

「貝は時間をかけてそれを包み続け、幾千《いくせん》幾万と膜を重ねていくことでようやく苦痛から解放される。そうして生まれるのが、真珠だ」

あの美しさは、貝が長い苦しみを克服《こくふく》した証《あかし》。

そう締《し》めくくったアーサーが、やがてこちらを顧《かえり》みて、

「似ているな」

薄く、それこそあるかなきかの微笑《ほほえ》みを浮かべた。

＊

「そろそろ諦《あきら》めたらどうだ」

「嫌《いや》です」

首を振って即答《そくとう》する。

最後の夕食を済ませて帰宅してからも、指輪を巡《めぐ》る攻防《こうぼう》は続いていた。

けれど何に意欲を削《そ》がれたのか、ガードナー・コレクションへ行く前までの切迫《せっぱく》感は美晴の中から立ち消えていた。

ゲームには勝ちたい。勝たなきゃいけない。

そう自分を奮起させてみるものの、どうしてか上手《うま》くいかずにいる。

今はソファに腰掛《こしか》けたアーサーの膝《ひざ》に、横座りの格好で捕《つか》まえられていた。アーサーの両手が美晴の手首をそれぞれ摑《つか》み、そのまま緩《ゆる》く抱《だ》きしめる形で背中に回されている。左肩《ひだりかた》に額を乗せられて彼の髪《かみ》が顎《あご》や頬《ほお》に触《ふ》れるのを感じたら、抗《あらが》うどころか身動き自体ができなくなってしまった。

「あの、は、放《はな》してください」

「放したらまたすぐ指輪を狙《ねら》うつもりだろう」

少しは休憩《きゅうけい》させてくれ、と柔らかく抱き直されて美晴は微《かす》かに身じろいだ。

こんなふうにアーサーに触れられるのは久しぶりだ。温かい腕《うで》に包まれていると陶酔《とうすい》したように力が抜けてしまいそうになるけれど、美晴はぎりぎりの所で必死に自分を保っていた。

――このまま、時間が止まればいい……。

こみ上げてくる切なさを目を閉じて封《ふう》じ、今にも溢《あふ》れそうな思いを留《とど》める。そうしてじっとしていると、アーサーが脈絡《みゃくらく》もなく尋《たず》ねてきた。

「留学する予定はないのか」

「留学……？」

「高校を卒業した後の話だ。こっちにも優秀《ゆうしゅう》な教授は大勢いるし、レベルの高い大学もある」

「それ、は……まだ、なにも」

感情が揺《ゆ》れたりしないように、美晴は緩く首を振る。

「先のことは、考えていません」

そうか、とアーサーは溜息混じりに答えた。そして、背中で軽く拘束《こうそく》していた美晴の手首を解放すると、今度は腰《こし》に緩く腕を巻いて両手の指を組み合わせる。ついでのように、肩《かた》に乗った頭の向きも変えられて、首筋にかかった彼の吐息《といき》に美晴は飛び上がりそうになるほど驚《おどろ》いた。

「ちょ、ちょっと、あの……っ」

「ん？」

「くすぐったい、ん、ですけ、ど」

するとアーサーが喉声《のどごえ》で笑い、ふっと息を吹《ふ》きかけてくる。

「ひゃっ……!?」

奇妙《きみょう》な声をあげて身を縮こまらせる美晴に、アーサーは軽く声をたてて笑った。

「美晴は面白《おもしろ》いな」

「……っ、普通《ふつう》、いきなりそんなことをされたら誰だってこうなります！」

もう付き合っていられない。アーサーを押しのけて立ち上がろうとした美晴は、しかし本当に逃《に》げることが出来そうなほど緩い拘束に、逆に動きを制された。

子供が親に抱っこされているような、そうでなければ恋人《こいびと》同士がいちゃついているかのような格好は、自覚してみれば恥《は》ずかしい。けれど、これまで確かに囲い込まれていたはずの腕を、逃げたければいつでもどうぞといわんばかりに開かれてしまうと、これ幸いと逃げ出すよりも心許《こころもと》なさが先にたち、離れることができなくなった。

「そう毛を逆立てるな」

強張《こわば》った美晴の背中を、アーサーが宥《なだ》めるように叩《たた》いてくる。

「だって、あなたが……っ」

「もうしない。だが私は、基本的に嫌がられると余計やりたくなる性質なんだ。これ以上悪戯《いたずら》されたくないなら、大人《おとな》しくしているといい」

「そんな勝手な」

「そうだな。それでも許してくれるだろう？」

ここにこうしているのだから、とアーサーは、彼の膝から降りようとした美晴が結局はそうしなかったことを暗に指摘《してき》してきた。

「あと少しでいい。このままで」

「……」

彼らしくない気弱な声に、美晴は嫌だと言えなくなった。けれど、このままでいて良いわけもない。

返答に窮《きゅう》しているうちにアーサーが美晴の腰を抱き、今度は息がかからないように顔を美晴の背中側へ向けると、肩に片頬を預けてきた。こうして彼の温《ぬく》もりに包まれたら、もうどうしようもない。好きになったほうが負けというのは本当なんだなと美晴が微かな溜息《ためいき》をついたとき、ふと視界の隅《すみ》でなにかが光った。

――……指輪だ。

こくり、と小さく喉が鳴った。アーサーが上体を前屈《まえかが》みにしているせいで、ポケットの中の『王の指輪』がはっきり姿を見せている。美晴は暖炉《だんろ》の上の時計を見やった。十一時五十四分。

――今なら……。

見えない糸に引かれるように、美晴の右手が持ち上がった。

白いシャツのポケットの底に沈《しず》んでいるギメル・リング。あれを取ったら美晴の勝ちだ。

ポケットの縁《ふち》に指先がかかり、美晴はつと眉根《まゆね》を寄せた。静けさが耳に痛い。こめかみで脈打つ鼓動《こどう》の速さに頭痛のような痛みを感じた。

静かに息を吸い込んで、止める。シャツの生地《きじ》にもアーサーの肌《はだ》にも触れないように、そうっと指を忍《しの》ばせた。波をたてずに水の中に沈むように、ゆっくり、ゆっくりと静かに。

「――っ」

指先に金属の感触《かんしょく》が触れた。

その瞬間《しゅんかん》、痛いほど心臓が竦《すく》みあがり、美晴は自分がなにか酷い間違《まちが》いを犯《おか》しているような不安に襲《おそ》われた。

――なんで？　だって、これを取れば……。

なにもかもが終わる。この理不尽《りふじん》なゲームの幕を、自分の望む通りの形で下ろすことができるのだ。

美晴が勝てば、指輪としても伝説としても『ロイヤル・ロマンス』を諦めるとアーサーは最初に約束した。

――諦め、る……？

胸の奥で、すっとなにかが落ちていく。

そうだ。『王の指輪』を奪《うば》ったら、美晴のほうこそアーサーを諦めなければならない。『ロイヤル・ロマンス』の伝説を自分自身で阻止《そし》するというのは、そういうことだ。

「……」

熱を失った指先が震《ふる》えた。

元々それが目的だったのに、なぜ今になってこんなにも迷うのだろう。

好きな人に遊ばれるのは嫌だ。そんなことには耐《た》えられない。そう思っていたじゃないかと、心のどこかが叫《さけ》んでいる。

でも、この思いをなかったことにはしたくない。

しかし美晴は明日、日本へ帰国するのだ。恋人のいるアーサーとは、なにも言わず、なにもないまま別れるのが最善だ。

それでも今はまだ、この温もりから離れたくない。

これで最後だ。今夜は、アーサーと過ごせる最後の夜。

――……どう、しよう……どうしたら……。

この屋敷《やしき》に来た最初の夜も、指輪を巡って美晴はアーサーに悩《なや》まされた。だが、あのとき美晴が出した答えは、アーサーの望みに添《そ》うものだったはずだ。

だったら今度は……？　最後の夜は——……。

「……っ」

ポケットに指輪を残したまま、美晴はそっと手を引いた。

「——取らないのか？」

そのタイミングを見計らったように、肩口《かたぐち》から落ち着いた声がする。彼はこちらを見てもいないのに、冷たくなった美晴の指を迷わずその手に包み込んだ。

「今なら取れる」

捕《と》われた手を再び左胸へと導かれ、美晴は小さく首を振《ふ》った。

「や……」

「私には今、『王の指輪』を守る気がないんだ」

「そんな、……どうして」

「説明するまでもない、単純な理由だ」

言外に、わかるだろうと伝えてくる。

わからなかった。アーサーの考えることなど美晴には想像もつかない。

「取らないのなら私の勝ちだ。どうする？　タイムリミットまであと二分」

アーサーがゆっくりと顔を上げた。美晴は戸惑《とまど》い、選択《せんたく》を迫《せま》るブルーグレイの静かな双眸《そうぼう》を途方《とほう》に暮れて見返すばかりだ。

なぜ最後の最後で、美晴に選ばせようとするのだろう。今『王の指輪』を盗《ぬす》まれても、美晴

が二つの指輪を揃《そろ》えて返すつもりでいることを察しているからだろうか。

「いいのか。取らなくて」

尋《たず》ねてくる口調が、確認《かくにん》するようなものになった。でも、なにを――？

負けてもいいのかと問われているのではないことは、なんとなくわかった。真摯《しんし》な双眸は単なるゲームの勝ち負けではなく、もっと深い部分の確認を取ろうとしている。けれど、その深い部分がなんなのか、美晴にはまるでわからない。

――レイさんなら、わかるのに。

自分ではやはり駄目《だめ》なのだ。なにもわからない。伝わらない。美晴の顔が泣きだしそうに歪《ゆが》んだ。

「いいのか、美晴。本当に……？」

「だって、」

心を揺さぶられたせいか、封《ふう》じていた思いが胸から溢《あふ》れて全身に広がっていく。それは身体《からだ》の中に納まりきらず、声や吐息、眼差《まなざ》しに溶《と》けて身体中からほろほろと零《こぼ》れているような気がした。

「あと一分」

アーサーの表情が優《やさ》しく、それ以上に甘くなり、美しい微笑《びしょう》が広がった。

勝利を確信した喜びだろうか。いや、もっと違《ちが》う種類の嬉《うれ》しさが表れている。ずっと欲しかったものをやっとのことで得たような、満ち足りて幸福な微笑みだ。

『花嫁《はなよめ》の指輪』が完全に手に入るからだろう。二つの指輪を取り戻《もど》し『ロイヤル・ロマンス』として復活させることができるからこその笑顔《えがお》なのだ。

――も、いい……。

目尻《めじり》に溜《た》まった涙《なみだ》が一粒《ひとつぶ》、睫毛《まつげ》に弾《はじ》かれて転がり落ちた。

初めて見るその表情にこれ以上ないほど速くなった鼓動が、抜《ぬ》けない棘《とげ》のように刺《さ》さっていた罪悪感を押し流す。

こんなに嬉しそうな顔を見られた。美晴が負けることで、彼はこんなにも幸福そうに微笑むのだ。

だったら、もういい。

もう、自分の負けでいい。

負ければ今夜、美晴はアーサーのものになれる。

最後に一度だけそうなれるなら、彼にとっては遊びでも、指輪のおまけでも構わない。

カチリ……、と厳《おごそ》かな音を響《ひび》かせてアンティークの置時計の長針と短針が重なった。

二十四時。

「――私の勝ちだ」

アーサーの唇《くちびる》が瞼《まぶた》に触《ふ》れて、じんと熱く痺《しび》れた。

＊

「ん……」

そっと横たえられたベッドの上で、きりもなく重ねられる口づけを受ける。

意外だった。

ゲームが終わったら一番に『花嫁の指輪』の返還《へんかん》を求められると思っていたのに、アーサーは美晴の唇を一度楽しげに啄《ついば》むと、膝《ひざ》に乗せていた身体を抱《だ》き上げて寝室《しんしつ》へ向かった。

美晴は一切抗《いっさいあらが》わず、アーサーの下で大人《おとな》しくされるがままになっている。

——……ごめんなさい。

素っ気ない、けれどふとした拍子《ひょうし》に優しさを映す銀灰色《ぎんかいしょく》の瞳《ひとみ》が脳裏に浮《う》かんだ。レイには謝ってばかりだと、以前思った。本当に自分は謝らなければならないことばかりしている。……最低だ。

今夜だけ。一度だけ。そう言い訳をして罪悪感から目を逸《そ》らし、子供のように自分の願いだけを必死に握《にぎ》り締《し》めている。けれどその拳《こぶし》は小刻みな震えを止められずにいた。

「大丈夫《だいじょうぶ》だ、酷《ひど》いことはしないから」

「……は、い」

アーサーが緊張《きんちょう》して硬《かた》くなった背中を包むように抱いてくれた。クレイマンに襲われたときのことを美晴が思い出したと思ったのだろう。怯《おび》えていないかと心配しているアーサーを、美晴はまっすぐに見上げた。

「大丈夫です。だから……」

「美晴……？」

「……して、ください。約束だから」

あなたの、好きなように。

思い詰《つ》めるあまり涙ぐんだ目許《めもと》に、苦笑《くしょう》を浮かべた唇が触れてくる。

「そんなに悲愴《ひそう》な顔をするな」

「してません」

だから、早く。

急がないと夜が明けてしまう。

約束を口実に、美晴は自分の気持ちを隠《かく》していたけれど、言葉にできない素直《すなお》な思いは全身が雄弁《ゆうべん》に語っていた。それを知っているのは、語られるものを正確に読み取って笑《え》みを深めた男だけだ。

「無理だと思ったら、そう言うんだ。意地を張らずに」

嫌《いや》だとも無理だとも、絶対に言わないと決めていた。拒絶《きょぜつ》の言葉を口にしたら、アーサーはそこで手を止めて美晴から離《はな》れてしまうだろう。けれど、いいねと目を覗《のぞ》き込んで念を押されたので、形ばかり頷《うなず》いた。

それでアーサーの中でも区切りがついたのか。

「……ん、ふ……っ」

薄絹《うすぎぬ》を幾重《いくえ》にも折り重ねていくような、触れるだけだった口づけが変わった。

噛《か》むように触れて下唇《したくちびる》を強く吸い、美晴の唇を痺れさせて緩《ゆる》めると舌を差し入れてくる。

絡《から》みつく舌の力強さ。もっと深くと欲を見せて角度を変えていく唇に、背筋や首筋にぞくぞくするような痺れが走った。

優しさの中に少しずつ獰猛《どうもう》さを滲《にじ》ませはじめたキスに翻弄《ほんろう》されているうちに、シャツのボタンを外された。熱い手のひらが脇腹《わきばら》に触れて、身体のラインを確かめるように撫《な》でてくる。

「……うっ……ン……っ」

素肌《すはだ》に触れられる刺激《しげき》に強張《こわば》った舌先を甘く吸われ、瞬間的《しゆんかん》に張り詰めた身体からゆるゆると力が抜けていった。同じところを撫で下ろした手が、美晴の細い腰《こし》を抱く。力を込めて腰を軽く浮かされて、下肢《かし》の衣類を取り去られていくのを感じた。壊《こわ》れ物の包みを解《ほど》くように大切に扱《あつか》われているのがわかって、喜びと切なさに胸が締め付けられる。

自分も服を脱《ぬ》ぎ捨てて、アーサーが覆《おお》い被《かぶ》さってきた。体格がいいことは知っていたけれど、胸の広さや厚みを直接触れた肌《はだ》で感じたら頭の芯《しん》がじんと熱く痺れた。

濡《ぬ》れた唇をもう一度吸われ、キスが首筋へ移っていく。クレイマンに噛まれたところは特に念入りに触れられた。くすぐったいのとぞくぞくするのとで思わず首を捻《ひね》ったら、反対側の耳を噛まれた。

「ぁ、んっ……」

「こっちのほうが感じるのか」

びくっと大きく反応すると、楽しげな声が右耳に直接吹《ふ》き込まれた。アーサーの舌先が甘いものを味わうように耳殻《じかく》を辿《たど》り、とろりと中へ差し込まれる。

「…っ……ぅ、く……」

きつく目を閉じて、美晴はシーツを握り締めた。耳の中で舌の動く音が頭に響き、なんともいえない感覚に足の爪先《つまさき》が丸くなる。

――や、どうしよう……っ。

耳を刺激されると、身体がじっとしていられない。ちりちりと身体のあちこちでなにかが疼《うず》き、小さくのたうつ爪先がシーツを柔《やわ》く蹴《け》りはじめる。少しずつ引き出されていく官能を更《さら》に高めようと、肌を愛撫《あいぶ》していたアーサーの手がふいに美晴の胸の頂を摘《つま》み取った。

「っ、あっ……!?」

ぴんと張り詰めた神経を直接弾かれたような刺激に、びくりと身体が逃《に》げかかった。それを空いた腕《うで》に抱き寄せられて、更に胸を弄《いじ》られる。

「…な、ぁっ……な、に?……っ、は、……ぁんっ……」

「ここは好きなようだな……?」

耳を濡らす唇が笑ったのがわかったけれど、言い返す余裕《よゆう》など美晴にはない。

――や、やだ、……それ、嫌……っ。

柔らかかった小さな乳首《ちくび》がゆるゆると擦《こす》られて次第《しだい》に硬く尖《とが》っていく。これまで気にも留めていなかったその場所は、少し触れられただけで驚《おどろ》くほど鋭敏《えいびん》な感覚を生んだ。痛いようなむず痒《がゆ》いような、ひどく切ないその感覚はなぜか腰に直結していて、刺激されると美晴の身体《からだ》を淫《みだ》らがましく跳《は》ねさせる。

「……や、ん、んん……っ」

やめて、と口走りそうになり、慌《あわ》てて唇を噛んだ。鋭《するど》い感覚が体内で弾《はじ》け、目を開けていられない。

「小さいが敏感《びんかん》だな。もうこんなに……硬い」

「うそ、そんな、の……嘘《うそ》です……っ」

「嘘はつかないと言っただろう？　ほら、こんなだ」

つんと尖った乳首の硬さを知らしめるように、指の腹で押し潰《つぶ》された。身体をまっすぐに突《つ》き抜けた切なさに、甘い悲鳴が迸《ほとばし》る。痛いのに甘い、おかしくなりそうな刺激から逃《のが》れようと無意識に身を捩《よじ》ったけれど、駄目《だめ》だと強い腕に押さえ込まれ、直後、ぬるりとした感触《かんしょく》がもう一方の胸を襲《おそ》った。

「ひぁっ……!?」

はっと開いてしまった目に、アーサーの指に挟《はさ》まれて真っ赤になっている乳首が映った。それだけでも羞恥《しゅうち》に気が遠くなるには十分すぎるほどなのに、もう一方のそれを舌先で掬《すく》うようにくすぐられ、口に含《ふく》まれるのを見てしまった。

――やだ……っ。

全身がかっと熱くなった。なんてことをしているのだろう。想像以上に淫らな光景に頭が焼き尽《つ》くされそうだ。

けれど美晴の身体はそうされて、びくびくと跳ねてしまっている。両の胸を同時に強く弄られて、声もなく背をしならせては身悶《みもだ》えていた。一方は指で捏《こ》ねられて、もう一方は優《やさ》しく舌で扱われ、そうして愛撫を強くされると瞬間的に湧《わ》き起こった恐《おそ》れはあっけなく押し流された。

「あ、あ……っ」

下腹部にじっとりと溜《た》まり始めた熱に気づかれないように、美晴は立てた膝を擦り合わせる。こんなに簡単に反応したことを知られたくなくて、やるせない刺激に耐《た》えながら懸命《けんめい》にそこを隠していた。けれど愛撫の手が止まらない以上、限界はやってくる。

「あ、も、どう、し……、どうしよう……っ」

「……なにがだ？」

下腹部が熱い。重苦しい熱をどうにかしたい。けれどそんなことを言えるはずもなく、美晴はわかっていて尋《たず》ねてくる男を涙《なみだ》の溜まった目で睨《にら》んだ。いつの間にか手繰《たぐ》り寄せていたシーツを握り締め、身の内を走る衝動《しょうどう》を堪《こら》える。

「どうにかして欲しいところがありそうだな……？」

毒のように甘い囁《ささや》きに、たちまち美晴は流された。助けてもらえそうな予感に、こくりと頭が動いてしまう。

「……も、これいじょ……」

「なら、そこを見せるんだ。自分でこれを開いて」

強く押し付けあうようにくっついている二つの膝頭《ひざがしら》に触《ふ》れられて、美晴は鋭く息を飲んだ。

開く？　自分で？

「……っ、そ、んな……」

その奥はすでにあからさまな反応を示し、濡れてしまっている。それを見せるように、彼の前で自分から脚を開く……？

動けずにいる美晴を、アーサーは静かに見下ろしていた。

その表情は、嫌ならもういいと言っている。

できないなら無理にしようとは思わない、美晴と過ごすこの時間に特別な執着《しゅうちゃく》はないのだと、そう言っているように見えて。

「……っ」

違《ちが》う、嫌じゃない。そんな意味を込めて美晴は首を振《ふ》った。その意図が通じているのかいないのか、通じているのにはぐらかされているのか、

「嫌なら無理をするな」

宥《なだ》めるように微笑《ほほえ》まれ、途中《とちゅう》で放り出されることにショックで目の前が暗くなった。

「どこかで私を拒《こば》んでいるだろう。それを無理に開かせるのは忍《しの》びない」

膝《ひざ》の丸みを撫でた手とアーサーの台詞《せりふ》の両方に、美晴は肩《かた》を震《ふる》わせた。

「拒んで、なんか、ない……」

「それならその証《あかし》として、自分で開いて見せるんだ」

ここを、と震えている腿《もも》の内側の柔らかい肌にアーサーが手を滑《すべ》らせる。

「あっ……」

「できないなら、ここまでだ」

触れていた手を本当に引かれ、美晴は必死にアーサーを見上げた。

「で、できます……っ、約束、したし」

「約束はもういい。本心から受け入れるのでなければ、こういうことは無理だ」

たしなめるような口調に、美晴は嫌だと首を振る。

「大丈夫《だいじょうぶ》だから……」

やめないでください。懸命にそう訴《うった》えた。

今夜だけなのだ。もう次はない。二度と、ない。

必死の思いを瞳《ひとみ》に込める。

「これは前にも言ったことだが」

アーサーは相変わらず優しい笑《え》みを口元に浮《う》かべていた。——いや。優しげに見える笑みを、口元だけに浮かべている……？

微笑を裏切る眼差《まなざ》しの強さに、思わず心が竦《すく》んだとき、

「私は、欲が深い。手に入れるならすべてだ、美晴。私のものになると決めたなら、身体もそ

うだが、心も……すべて、私に明け渡《わた》せ」

「……っ」

熱い声が、楔《くさび》のように胸に深々と打ち込まれた。

ホーク・アイ。そう呼ばれるに相応《ふさわ》しい獰猛《どうもう》な瞳が真っ直《す》ぐに美晴を射貫《いぬ》いている。

優しいだけの人ではないと知っていた。優しい分だけ、ひどく残酷《ざんこく》な一面を持ち合わせた人だとわかっていた。けれど、

――もう、他《ほか》の誰かを好きになることはないかもしれない。

そんな予感が胸を過《よ》ぎり、身体の奥が熱くなる。

「嫌《いや》だというなら無理強《むりじ》いはしない。だが、そうでないのなら隠《かく》さずに差し出せ。なにもかも、根こそぎに」

常にひやりとした冷たさを纏《まと》っていたはずの声が、熱く鼓膜《こまく》を震わせる。欲に濡れて、掠《かす》れて。高貴な獣《けもの》の牙《きば》のように、深く身体を抉《えぐ》ってくる。

「……大丈夫だ」

間近で合わせた瞳もいつの間にか色を変えていた。凍《こお》った湖のようなブルーグレイだったのに、その氷が今は解《と》けて、深い底を覗《のぞ》かせる青みが濃《こ》く表れている。

「なにも怖《こわ》くない。私の望みなのだから、美晴が恥《は》じる必要もない。私を受け入れられるなら、自分で脚《あし》を開くんだ。それだけで、いい。……できるだろう?」

熱くて甘い声に操《あやつ》られて美晴は小さく顎《あご》を引き、閉じていた膝をおずおずと開いた。はした

なく濡《ぬ》らしてしまったそこを言われるままに晒《さら》し、差し出す。

「いい子だ」

褒《ほ》められて、額にキスをもらった。口に欲しい。そう思って見上げると、すぐに望みは叶《かな》えられた。

「ああ、……濡れているな」

「い、わない、で……っ」

「本当のことだ」

意地悪く笑った唇《くちびる》が内腿《うちもも》にキスの跡《あと》を残し、潤《うる》んだ先端《せんたん》を舌先でくすぐる。ぴくんと震えて雫《しずく》を零《こぼ》した美晴の熱を、彼は飲み込むように口に含んだ。

「……っ！」

思いもしなかった衝撃《しょうげき》に身体が一瞬《いっしゅん》、強張《こわば》った。

美晴ははっと目を見開き、けれど一秒も開けていられず、経験したことのない強すぎる快楽からとっさに逃れようとした。しかし、ずり上がろうとした腰《こし》は強い力で引き戻《もど》され、再びすぼまりかけた両脚を大きく広げなおされる。

一度差し出されたものを逃《に》がす気はないと、思い知らせるような振る舞《ま》いだ。

「……そ、な……嘘《うそ》……う、そ……っ、あ、ん、あぁ……っ」

あらわに開かれたそこを舌と唇とで蹂躙《じゅうりん》された。

ねっとりと舌を這《は》わされ、吸い上げられる快楽は想像したことさえない凄《すさ》まじさだ。一番弱いところを他人の口に捕《とら》われたという本能的な恐怖《きょうふ》と、それ以上の羞恥と不安が美晴の心に爪《つめ》を立てる。

そんなところを口で愛撫《あいぶ》されて、びくびく身体《からだ》を跳《は》ねさせている。感じて声をあげているくせに、怯《おび》えて泣いてもいる。そんな自分を見て、彼はどう思っているだろう。みっともないと思われていたら……。

しかし、そんなことを気にしていられたのは最初の数秒だけだった。

胸への刺激《しげき》と身体を探《さぐ》る手の感触《かんしょく》だけで追い詰《つ》められていた身体である。巧《たく》みな舌技に晒されてはひとたまりもない。

先端を抉るように舌先で弄《いじ》られびくりと跳ねかけた腰《こし》は、しかしシーツに強く押さえ込まれて不器用に震えることしか許されなかった。そのまま動けないように固定され、激しい愛撫に晒された美晴は拙《つたな》く背を反らし、苦しげに髪《かみ》を振り乱《みだ》す。

「あ、はな、し……放《はな》し、て、っ……汚《よご》しちゃ……、あ、あぁっ……！」

怖いくらいに吸い上げられて、堪えきれずに熱を放った。

乱れた呼吸も汗《あせ》に濡れた身体も、放出の後の気だるさも、なにもかもが恥ずかしかった。

初めて刻み付けられた深い官能が身体のあちこちで燻《くすぶ》っていて、肌《はだ》を掠めるシーツの感触さえ敏感《びんかん》になった肌には辛《つら》い。そんな身体をなんとか動かし、アーサーの目から逃《のが》れるように美晴はころりとうつ伏《ぶ》せになった。

「どうした」

「……こっち、見ないでください。嫌だったとか、そういうんじゃなくて……恥ずかしいだけだから」

赤く染まった顔を抱《だ》きしめた枕《まくら》に埋《うず》める。

初めてだった。裸《はだか》を見られるのも、愛する目的で触れられるのも、人前で達してしまったことも。だから恥ずかしくてアーサーの顔を見られないのだと、たどたどしく告げる。すると喉《のど》声で笑いながら、アーサーがうなじに口づけてきた。

「ぁ、っ……」

「そんなに恥《は》じらうな。見ていたのは私だけだ」

そういう問題じゃない。見られたのがアーサーだから恥ずかしいのだ。

けれどそれは口にせず、美晴は身を縮めて枕に額を押し付ける。

「この程度で恥ずかしがっていたら、この先をどうするんだ」

腰を抱かれたと思ったら、ひょいと持ち上げられて膝を立てさせられた。枕を抱いた上半身はシーツに伏せたままだ。あまりな体勢を取らされて逃れようと身じろいだ美晴は、けれど滑《ぬめ》りを帯びた指が後孔《こうこう》に触れるのを感じ、びくりと震えて身動きを止めた。

「ひゃ……っ、な、なに？」

「そう怯えるな。身体の準備をするだけだ」

動揺《どうよう》を示して跳ねた肩に温かいキスが落ちてくる。ゆるゆると円を描《えが》くようにそこを撫《な》でられる感触に嫌だと口走りそうになったけれど、唇の上で嚙《か》み殺し、息と一緒《いっしょ》に飲みこんだ。

「すべて差し出す。そう決めたな……？」

「はい……」

従順に答えたが、声の震えは隠しようもない。腰だけを高く掲《かか》げた恥ずかしい姿勢で、美晴は枕に縋《すが》りついた。

「そう、そのまま」

満足げな笑みの気配が首筋に伝わってくる。背中やうなじにまめにキスを落とし、美晴の怯えを和《やわ》らげようと温かい手が腰や足を撫でてくれた。

濡れた指はそこをゆっくり解している。入り口を押すようにして柔《やわ》らかさを確かめて、ずる、と入り込んできた。

「……っ！」

「大丈夫だ」

そう言われても身が竦むのはどうしようもない。円を描くようにして長い指が入り込んでくる感覚に身体中がぞわりとした。

「痛いか？」

痛みはない。けれど、

「……怖《こわ》、い……」

初めて本音が口をついた。滑りをつぎ足しながらアーサーの指がぬるぬるとそこを出入りしている。それは首の後ろの産毛《うぶげ》まで逆立つような感覚だ。痛みがないのは本当だが、そんなところから入り込まれ、身体の中を触《さわ》られるなんて想像したことさえなかった。

「すぐによくなる。力を抜いて」

懸命《けんめい》に頷《うなず》いて、アーサーの指を受け入れる。アーサーは美晴の前を手で包み込み、優《やさ》しい刺激を与《あた》えながら丁寧《ていねい》に中を探っていた。時間をかけて硬いそこを慣らし、柔らかく解《ほど》いていく。

「……ぁ、ンッ」

いつの間にか二本に増やされた指に、ある場所を押されてぴくんと腰が跳ねた。違和感《いわかん》と圧迫感《あっぱくかん》の強かったそこに、なにか違《ちが》う感覚が生まれる。

「ここ、か？」

「あ、ぁっ、待っ……ッ」

同じところを擦《こす》られて今度はあからさまに腰が震《ふる》えた。

身体中のいたるところに快楽の芽が潜《ひそ》んでいることは、さっき体感させられた。けれどまさか、そんなところにも快感を拾う神経があったなんて。

「そう、いい子だ。だいぶ柔らかくなってきた」

体内でアーサーの指が蠢《うごめ》く。圧迫感の向こうに、快楽の断片《だんぺん》が閃《ひらめ》きはじめた。

前の昂《たかぶ》りで感じるのとは違《ちが》う、切ない疼《うず》きが確かに腰の奥《おく》にある。それは少しずつ大きくなり、やがてじわりと背筋に到達《とうたつ》した。

「……っぁ、あぁ……あん……」

身体が熱い。中を掻《か》き回されることで、なにかとても深いところからじわじわと体温が上がっていく。美晴は息苦しさに喉を反らした。そんなところを弄られるのは初めてで、感覚や熱の逃がし方がわからない。

身を硬《かた》くして耐《た》えていると、二本の指に中を広げられ三本目の指が差し入れられた。その頃《ころ》には手でされなくても美晴の前は反応し、後ろで感じはじめたことを分かりやすくアーサーに伝えていた。

「は、ぁっ……ん、っ……」

「そろそろ、いいか……？」

いいも悪いもない。知らない感覚に反応するたび後孔が窄《つぼ》まり、ひどく切ない感じがする。収縮しようとする動きに逆らってそこを広げられたり擦られたりすると、腰が勝手に跳ねて揺《ゆ》れて止まらない。身体が熱くて、中でなにかが疼く感じがもどかしくて仕方がなかった。あの綺麗《きれい》な長い指にそうされているのかと思うと頭が変になりそうだ。

「……ひ、ぁっ……そん、な……奥……っ……」

差し込まれた指にずるりと奥まで擦られて、いやいやをするように腰が揺れる。

「奥もいいのか。敏感だな」

アーサーが笑って柔らかくなった内壁《ないへき》を指先でくすぐった。そうして美晴を高く鳴かせてから、ゆっくりと指を引いていく。

　腰をあげてうつ伏せたまま動けなくなっていた身体を、そっと倒《たお》されて仰向《あおむ》けにされる。呼吸を乱し、微熱《びねつ》で意識がぼんやりしているときのように美晴は無防備に自分を組み敷《し》いている男を見上げた。両脚を開かれて抱《かか》え込まれ、爪先《つまさき》が宙で揺れるのも見えた。

「そのまま力を抜《ぬ》いているんだ」

　上体を倒したアーサーがキスをくれた。深い口づけに陶然《とうぜん》としていると、指を食《は》んでいた場所に熱いものが押し当てられた。

「あ……ッ⁉」

　ぐっと押し入ってきた熱の塊《かたまり》。熟したように柔らかくなった腰の内側を擦るようにして、それが入り込んでくる。

　弓なりにしなった背がシーツから浮《う》いた。その背中を支えるようにアーサーが腕《うで》を差し入れてくる。

「……美晴」

「――ッ」

　身体を穿《うが》たれて名前を呼ばれ、それだけで火がついたように身体の芯《しん》が熱くなった。小刻みに揺さぶられ奥へ奥へと入り込まれ、圧迫感とひどい熱さに息が出来ず、喉が鳴る。

「ア、あ、……ッ」

　痛かった。けれど、痛いだけではなかった。

アーサーが動くたび、はじけた鼓動《こどう》が身体中に散らばって指先までじんと熱くなる。その存在を刻み付けるように力強く満たされて、美晴の身体は過剰《かじょう》なほど彼に反応していた。

「大丈夫《だいじょうぶ》か……？」

「……っ、は、い……」

慣れるまで少しこうしてよう。そう言ってアーサーが静かに身体を倒してくる。

「……美晴は、いいな」

ふわ、と前髪《まえがみ》をかき上げられて、額にキスを落とされた。

「肌も髪《かみ》も、唇《くちびる》も。どこに触《ふ》れても、なにをしても温かくて柔らかで気持ちがいい」

言ったところにアーサーが唇で触れてくる。

嬉《うれ》しかった。隙間《すきま》なくアーサーで一杯《いっぱい》に満たされて、抱きしめられてキスをされて。

けれど息が詰《つ》まるような幸福感は美晴の胸を塞《ふさ》ぎもする。

抱き締《し》めてくる腕も見つめる瞳《ひとみ》も、髪も唇も、本当は全部ひとのもの。――レイのものだ。

見詰《みつ》め合う瞳を切なく細めた。そのとき、

「余所見《よそみ》をするな」

「ひぁっ……！」

不意に腰《こし》を揺すられて美晴は細い喉をのけぞらせた。涙《なみだ》の滲《にじ》んだ瞳の上を、別の理由の涙が覆《おお》う。

白く反《そ》らした喉《のど》に優しく歯をたてられて、震えた腰が埋《う》め込まれたものを甘くきつく締めつけた。収縮したそこを広げるようにアーサーが深く嚙みあわせた腰を回してくる。

「あ、ぁんっ、待って……っ、お、願い、まだ……っ」

「大丈夫だろう……？　美晴のここは、きつく締まるのに、柔らかい」

「そ、な……っ、言わ、な……ぁっ……」

声にも表情にも苦痛の色がないことを見て取って、アーサーが動き出した。ゆっくりと、美晴の身体を傷つけないように気遣《きづか》いながら、感じるように刺激《しげき》してくる。

「ああっ……！」

さっき見つけられた箇所《かしょ》を強く擦られ、強烈《きょうれつ》な痺《しび》れが腰から背筋を駆《か》け抜ける。

身体に快楽の芯が通り、痛みに紛《まぎ》れて不鮮明《ふせんめい》だった快感が一気にクリアになった。体内を行き来する存在感が急に生々しく感じられ、溶《と》け出すように熱くなったそこがアーサーを絞《しぼ》るように絡《から》みつく。

「……うそ、こん、な……っ、ぁっ……あぁんっ……」

美晴の意思を離《はな》れてうねりだした襞《ひだ》を、アーサーが強く搔き回す。性器全体で余すところなく中を擦るようにしながら、反り返った胸の頂を口に含《ふく》んだ。

「……い、あぁっ……」

もうなにも考えられない。

力強く揺さぶられる衝撃《しょうげき》と、身の内を蝕《むしば》む泣きたくなるような甘苦しさに耐えられなくなった美晴は、本能的に目の前の身体にしがみつこうとする。

その瞬間《しゅんかん》、脳裏《のうり》に銀灰の瞳が飛来した。

「……っ」

美晴はとっさに上体を捻《ひね》り、頭の脇《わき》に放られていた枕《まくら》を手繰《たぐ》り寄せて抱《だ》き締める。

「どうして、そこで枕なんだか……」

吐息《といき》で笑ったアーサーが枕ごと美晴を腕に抱いた。雫《しずく》の伝う美晴の性器を根元から扱《しご》きあげながら、奥まで深く抉《えぐ》ってくる。

「あ、んんっ……は、ぁっ……っ」

激しく揺さぶられ、美晴はか細い悲鳴をあげる。もう自分の身体がどうなっているのかわからなかった。どこまでが自分で、どこからがアーサーなのか。もうそれすらもわからない。

「は、あ、ア、ゃっ……――ッ」

アーサーの腕の中に閉じ込められたまま、美晴は二度目の熱を吐《は》き出した。少し遅《おく》れて身体の奥を熱く濡《ぬ》らされる感触《かんしょく》に震えながら目を閉じる。

張り詰めていたものが弛緩《しかん》した。溶け合っていたものが、それぞれ一つの個に還《かえ》る。

――二週間。

そのすべてが今、終わった。

6

硝子《ガラス》の粉のように細やかな雨がしっとりと街を濡らしていた。

密《ひそ》やかな分、より静寂《せいじゃく》を際立《きわだ》たせる微《かす》かな雨音を聞きながら荷物を纏《まと》め終えるのに、それほど時間はかからなかった。

必要最低限の準備しかしてこなかったので、着替《きが》えと文房具《ぶんぼうぐ》、ちょっとした身の回りの品を詰め込み、パスポートとエアチケット、財布《さいふ》の所在を確認《かくにん》したらもう終わりだ。

借りていた部屋の掃除《そうじ》を済ませて荷物を廊下《ろうか》に出してしまい、最後にクローゼットに掛《か》けておいた上品なスーツを取り出した。オークションへ行ったときに着せられたものだ。

それを今はいないアーサーの部屋へ運び、どこに置こうか迷った末にソファにそっと横たえた。丁寧《ていねい》に磨《みが》いた靴《くつ》を納めた箱とカフスボタンのケースも、一緒《いっしょ》に載せる。

「返されても困るかもしれないけど……」

貰《もら》うわけにはいかない。

膝《ひざ》を伸《の》ばし、この二週間世話になった礼を綴《つづ》った手紙とギメル・リングをテーブルに置いた。

形見の指輪は、たった二週間身に着けなかっただけでどこかよそよそしい他人顔を見せていた。もう自分のものではなくなった指輪から革紐《かわひも》を外さなかったのは、美晴の未練だ。革紐を外せば、自分自身でアーサーとの繋《つな》がりを解いてしまうような気がして、できなかった。

「もう盗《ぬす》まれたりしないように、大事にしてもらって」

三年間ずっと一緒だった指輪を名残惜《なごりお》しく見つめ、振《ふ》り切るように踵《きびす》を返す。そのまま足早に廊下へ向かいかけ、ふと視界を過《よ》ぎった寝室《しんしつ》の扉《とびら》に無意識に歩みを止めていた。

あの部屋で目覚め、容赦《ようしゃ》のない現実に切り裂《さ》かれたつい数十分前の出来事が蘇《よみがえ》る。

その電話が鳴り響《ひび》いたとき、美晴は眠《ねむ》りと覚醒《かくせい》の狭間《はざま》をふわふわと漂《ただよ》っていた。まだ眠いと抵抗《ていこう》する半覚醒の意識を、その音は否応《いやおう》なしに現実へと引き摺《ず》りだした。

『――やったか』

目覚めてもすぐには頭がはっきりせず、美晴はしばらくぼんやりとしていた。

『いや、予算オーバーといっても予測の範囲《はんい》だ。よくやってくれた』

最初は言葉ではなく音としてアーサーの声を知覚していたが、その心なしか嬉しそうな響きに美晴の意識は外界へ向かって急速に開かれた。なにか良いことでもあったのかとぼやけた視界にアーサーを探し、その姿を見つけて意識を集中させた途端《とたん》、

『――さすが私のレイ』

見えない手に、心臓を握《にぎ》り取られたかと思った。

「……私のレイ、か」

吸い寄せられるように見つめていたドアから目を離し、美晴はゆるく頭《かぶり》を振った。

『今からすぐに行く』

あの後そう言って電話を切ると、美晴が目覚めたことにいつから気づいていたのか、躊躇《ちゅうちょ》な

くベッドに手をついて彼は言った。

『すまないが、急用ができた』

そのとき美晴はなにも纏《まと》っていなかったのに、アーサーは既《すで》にスーツに身を包んでいた。昨夜のことを引き摺っているのは自分だけだと言外に示されたようで、いたたまれなかったけれど、それ以上に美晴の注意を引いたのは彼の外出先だった。

レイのところへ行くんだ。そう思った瞬間、離れていこうとした上着の袖《そで》を摑《つか》んでしまったときは、我ながら慌《あわ》てた。とっさに寝《ね》ぼけた振りをして誤魔化《ごまか》したけれど、上手《うま》くいったとは思えない。アーサーは聡《さと》く、美晴は嘘《うそ》が下手《へた》だ。

アーサーはあのとき、引きとめようとした美晴をどう思っただろう。一度寝たくらいで馴《な》れ馴れしいと、疎《うと》ましく思っただろうか。

『――すぐに戻《もど》る。帰ったら少し話をしよう』

アーサーは眉《まゆ》の辺りに困った様子を滲ませて、ぐずる子供を宥《なだ》めるように美晴の額に口づけた。

その後見送った後ろ姿が、彼と過ごした最後の記憶《きおく》になるはずだ。

帰りを待つつもりはなかった。もう荷物も纏めてある。後はここを出て行くだけなのに、

「……ほんと、どこまで馬鹿《ばか》なんだろう」

この期《ご》に及《およ》んでもう一度顔が見たいだなんて、往生際《おうじょうぎわ》が悪すぎる。

一度身体を重ねたら、それで諦《あきら》めがつくかと思った。実際には諦めるどころか、心臓が潰《つぶ》れ

そうな苦しさが増しただけだった。もうこの気持ちをアーサーに隠《かく》し通すことはできないだろう。なにより、そうしようと自分を奮い立たせるだけの気力が既に、ない。

美晴は静かに部屋を後にし、荷物を手にして階段を下りた。

アーサーは話をしようと言ったけれど、彼の話は聞かなくてもわかる。『花嫁《はなよめ》の指輪』のことだ。それは手紙と一緒に置いてあるから、美晴が黙《だま》って消えたところで問題はないだろう。

——留守の間に逃《に》げ出すなんて、卑怯《ひきょう》だけど。

散々世話になりながら挨拶《あいさつ》もせずに出て行く非礼を許して欲しいとは思わない。感謝の気持ちを書置きのような形でしか残せない、不誠実な自分のことを軽蔑《けいべつ》してくれてかまわなかった。

「ごめんなさい」

他《ほか》に、言葉が見つからない。

唇《くちびる》を噛《か》み締《し》め、美晴は一人、玄関《げんかん》のドアを押し開けた。


けぶるような雨の中、機械的に足を動かし地下鉄の駅へ向かった。

ハイド・パーク・コーナーのプラットホームに降りると、タイミングよく地下鉄が滑《すべ》り込んできた。ピカデリー・ラインの丸い車両が乗客を吐き出し、飲み込んでいく。

空いていたシートの端《はし》に腰《こし》を下ろすと、美晴は肩越《かたご》しにホームの方を振り返った。この街を離《はな》れる瞬間を見届けたい。

あっという間の二週間だった。本当に、夢のような。

ホーク・アイと出会った翌日、まさか再会するとは夢にも思わずあの屋敷《やしき》へ行ったとき、どんな裏目が出るのかと美晴は随分《ずいぶん》びくびくしていたものだった。実際とんでもない裏目が出たけれど、この出会いを後悔《こうかい》することはこの先もずっとないだろう。信じていなかった『ロイヤル・ロマンス』の伝説は、半分だけ——美晴の分だけ、真実になるのかもしれない。

ドアが閉まり、ガタン、と車両が大きく揺《ゆ》れた。

そのせいか、水滴《すいてき》が落ちて頬《ほお》を伝った。小雨《こさめ》のなかを傘《かさ》もささずに歩いてきたせいだろうか。けれど雨は傘が必要なほどではなく、髪《かみ》や服がしっとりと湿気《しっけ》を含《ふく》む程度だったはずだ。

不思議に思いながらそれをさっと拭《ぬぐ》った美晴は、違和感《いわかん》に目を丸くして濡れた指先を見つめ下ろした。——雨じゃない。

今度は反対側の頬を雫が伝った。それを拭うと、やはり温かかった。これは、涙《なみだ》だ。

「え、あ、あれ……？」

自覚した途端、堰《せき》を切ったようにそれは両目から溢《あふ》れ出した。ぼろぼろと頬を流れ落ちる涙の量に驚《おどろ》いて、手の甲《こう》で慌てて目許《めもと》を拭ったけれど、湧《わ》き水のように後から後から溢れてくるのでそんなものでは追いつかない。

動き出した地下鉄が徐々《じょじょ》に速度を上げていく。涙で滲《にじ》んだ景色《けしき》の中、あの屋敷のある街と繋がる駅が飛ぶように後方へと流れ、やがてぷつりと黒く断《た》ち切られた。

口元を覆《おお》った右手の隙間《すきま》から微かに嗚咽《おえつ》が漏《も》れた。心の半分を抉《えぐ》り取られたかのような痛みに耐《た》えかねて、左手をきつく胸に押《あ》し当てる。

「……っ」

「……っく、ふ、ひっく……」

顎《あご》から滴《したた》った雫《しずく》がぱたぱたとジーンズの膝に落ち、不揃《ふぞろ》いな水玉模様が描《えが》かれていく。

乗り合わせたほとんどの乗客は突然《とつぜん》泣き出した美晴に対して無関心を装っていたけれど、奇《き》異《い》の目を向けてくる者もいた。そのことに気づいていても、一度溢れた感情を堰き止めるのはもう無理だ。

地下鉄に揺られながら、美晴は声を殺して泣いた。

腕時計《うでどけい》はまだロンドン時間を示しており、そろそろ十二時になろうとしていた。

順調にいけば一時間もかからないはずなのに、ヒースロー空港へ到着《とうちゃく》するまで一時間半近くを要した。ロンドンの地下鉄は止まりやすいとはいえ、この遅《おく》れはひどすぎる。美晴を乗せた地下鉄は、まるで壊《こわ》れた涙腺《るいせん》に同調したように停電や故障でたびたび止まった。

そのおかげというべきか、空港へ着いた頃《ころ》にはさすがに涙も止まっていた。

荷物と一緒に地下鉄を降り、ターミナル1へ向かった。ノンストップで美晴を日本へ運んでくれる飛行機はそこから出ることになっている。

感情の嵐《あらし》が過ぎ去った後は落ち着いたというよりただ空虚《くうきょ》で、美晴はなにも考えず、目指すターミナルへ向けて足を動かした。

『――再婚《さいこん》するかもしれない』

ぼんやりとした心の空白にふと父のメッセージが浮《う》かび上がる。メモの、ぶれて苦しげな筆跡《ひっせき》。そこに葬儀《そうぎ》を終えた直後の、抜《ぬ》け殻《がら》になったような三年前の父の姿が重なった。

いいよ。美晴はそう、ごく自然に心の中で答えていた。

――父さんが、そうしたいなら。

母を失った父の痛みがどれほど深く耐え難《がた》いものだったのか。今なら少しだけ理解できるような気がする。

失恋《しつれん》でさえこれだけ辛《つら》く苦しいのだから、母を永遠に失った父はどれだけ打ちのめされたことだろう。実際、父は家に帰ってくることもできなくなるほど苦しんでいた。

もし、そんな父を優《やさ》しく包んで支えてくれた女性がいて、父がその女性と寄り添《そ》って生きていきたいと願っているなら反対などできるはずがなかった。美晴には、今の自分以上にぼろぼろになっただろう父を支えることはできなかったのだから。

けれどもし、その人のことを逃げ場にしているなら話は別だ。心に空いた大きな穴を、その人を母の身代わりにすることで埋《う》めようとしているのなら反対する。そんなの、その人が可哀《かわい》想《そう》すぎる。

片思いの辛さは身に沁《し》みていた。

「……チェックイン、先に済ませちゃおうかな」

一つ問題の答えが出たら、また空虚な感覚が戻ってきた。泣きすぎたせいか、ぼうっとしがちな頭の中で出国の手順を追いながら長いエスカレーターを上がっていく。様々な言語が飛び交《か》う空港の賑々《にぎにぎ》しさに、この国を離れるのだという実感が湧いてきた。

手が無意識に胸元《むなもと》でなにかを探していたことに気づき、苦笑《くしよう》して指を軽く握《にぎ》る。この癖《くせ》は早く直そう。そう思いながら地上階へ出た矢先、

「探し物が見つかった」

硬質《こうしつ》で冷たい、聞きなれた声が美晴の鼓膜《こまく》を打ち据《す》えた。

＊

スーツケースが手元から消えた。

空になった腕《うで》を摑まれて、強く引かれる。

よろめくように近づいた美晴をブルーグレイの瞳《ひとみ》が射貫《ぬ》いた。

「……ど、して……」

「それは私の台詞《せりふ》だ」

短く言い捨て、アーサーが踵《きびす》を返した。自然、ぐいっと引っ張られた美晴はアーサーの歩み

に従って出口へと引き摺《ず》られていくことになる。

「ちょ、ちょっと待って、待ってください……！」

摑《つか》まれた手を振《ふ》り解《ほど》こうとしたが、痛いほど力を込められて出来なかった。両足の爪先《つまさき》に力を込めてその場に踏《ふ》み留まろうとすると、強引《ごういん》に引っ張られて果たせずに終わった。

「俺、指輪は返した、ちゃんと返しました」

人込みの中、手を引かれながら美晴は懸命《けんめい》に訴《うった》える。

「指輪はテーブルの上に置いてあります。手紙と一緒《いっしょ》に、あなたの部屋に」

アーサーが足を止め、振り返った。その凍《こお》るような瞳の奥に潜《ひそ》む苛烈《かれつ》なにかに、美晴は思わず息を飲む。

「私の探し物はこの泣き虫だ」

「……ッ」

泣いたせいで赤くなった鼻をアーサーがきゅっと摘《つま》んだ。次いで上着の内ポケットへ手を差し入れ、そこからなにかを取り出すと、革紐《かわひも》を広げて美晴の首にするりとかける。

「こっちのことを言っているなら、これは探し物じゃない。忘れ物だ」

美晴は呆気《あっけ》に取られた。これは返したはずの『花嫁の指輪』だ。

「え、だってこれ、どうして……」

「手に入れるときは美晴ごとだと言ったはずだ」

啞然《あぜん》として指輪とアーサーを見比べていると、再び腕を摑まれた。ターミナルを出て、屋敷を後にしたときよりも勢いを増した雨の中、声もなく美晴が連れて行かれたのは駐車場《ちゅうしゃじょう》だ。見慣れた車の後部シートにスーツケースが放り込まれ、助手席のドアが開かれる。いつかのように強引にシートに押し込まれた美晴がおろおろしているうちに、アーサーは車を発進させた。

「あ、あの……」

美晴の胸元で『花嫁《はなよめ》の指輪』が頼《たよ》りなげに揺れている。現状に頭が追いつかず、当惑《とうわく》した目でアーサーを見上げていると膝《ひざ》に携帯電話《けいたいでんわ》を放り出された。

「それで家に連絡《れんらく》を入れるんだ」

「い、家？　これから帰ります、って？」

「帰す気はない」

瞬間《しゅんかん》、視界が翳《かげ》った。駐車場を抜けた車はトンネルに入り、空港の出口へ向かっている。

「電話をかけても問題のない時間帯のはずだ。今はサマータイム期間だから、日本との時差は八時間。向こうは夜の八時前後」

「それは、そうですけど」

「手違《てちが》いで帰国のチケットがキャンセルになっていた、取り直したチケットは八月二十七日のものでそれ以前の空席はない、帰国まではホスト・ファミリーの勧《すす》めに応じてこちらに滞在《たいざい》する。そう言えばいい」

「そ、そんなめちゃくちゃな……。冗談《じょうだん》ですよね？」

時間帯に問題がなくても、内容に問題が大有りだ。

戸惑《とまど》う美晴に、しかしアーサーは正面を向いたまま抑揚《よくよう》のない声で告げた。

「事実だ。今日の飛行機は美晴が起きる前にキャンセルした。これが新しいチケットだ。正規のものだから変更《へんこう》は利《き》くが、させる気はないからそのつもりで」

携帯電話に続いて膝に航空券が投げ出された。トンネルを抜け、明るくなった助手席でチケットを確認《かくにん》すると確かに日付が八月二十七日になっている。

「……すみません。ちょっとこれ貸してください」

研修期間の間、美晴のレンタルしていた携帯電話はスーツケースの中なので、断りを入れ、アーサーの携帯で自分の予約したエアチケットの再確認をしてみると、

「ほ、ほんとにキャンセルになってる……」

「だからそう言っただろう」

「なんで、なんでそんなことするんですか⁉」

動揺《どうよう》もあらわな美晴に対してアーサーは眉《まゆ》一つ動かさない。冷ややかな眼差《まなざ》しはフロントガラスに向けられたままだ。

「日本は九月一日から学校が始まるんだろう？　帰すのは、本当ならぎりぎり三十日にしたかったんだが、時差ぼけや準備を考慮《こうりょ》にいれると二十七日が限度だった」

「そういうことを訊《き》いてるんじゃなくて……っ」

「そうだな。私のしたい話も、そんなことじゃない」

さらりと答えたアーサーの声音《こわね》が、一切《いっさい》の甘さを削《そ》ぎ落とし、ただ冷たく響《ひび》いていることに

気づいて美晴はその横顔に目を向けた。たった二週間の付き合いだが、彼がこんなふうに表情をなくすのは相当怒《おこ》っているときだと、もう美晴は知っている。

――どうしよう……。

減速し、右折した車がロンドン中心部へ向けて再びスピードを上げていく。

息が詰《つ》まりそうな沈黙《ちんもく》の中、トン、と苛立《いらだ》った指先がステアリングを叩《たた》いた。その音にびくっと肩《かた》を跳び上がらせて音源へ目を向けると、アーサーの人差し指が携帯電話を指し示す。

ここは逆らわないほうが無難だ。

大人《おとな》しく父の携帯に電話をかけると留守番電話サービスに繋《つな》がった。帰国が遅《おく》れることを告げ、迷ったが、思い切って再婚のことにも触《ふ》れておいた。さっき自然と導き出された結論を吹《ふ》きこみ、通話を切る。父にはアーサーの家の住所と電話番号を伝えてあるから、なにかあったら電話なりメールなりで連絡を取ってくるだろう。美晴はアーサーに携帯電話を返した。

「それで――？」

受け取った携帯をポケットに滑《すべ》り込ませながら、アーサーが低く促《うなが》してくる。

「それで、って……」

「逃《に》げた理由は」

凍りついたような無表情の中、目だけが動いてこちらを射た。鋭《するど》い視線の圧力に、美晴は思わず顔を伏《ふ》せる。常に視界のどこかに入っているワイパーの動きが、自分自身の投影《とうえい》だろうか、ひどくうろたえているように見えた。

――なんて、言えばいい……？

本当のことは言えないし上手《うま》い言い訳も見つからない。答えようがなくて押し黙《だま》っていると、

「美晴は、本当にわからない」

冷淡《れいたん》な口調が、美晴の心臓を竦《すく》ませた。

「裏表はない、嘘《うそ》はつかない。ついても下手《へた》で、こちらは騙《だま》されようがない。それでいて考えが読めず行動予測が不可能だ。――厄介《やっかい》だな」

そんな台詞と共に溜息《ためいき》をつかれた。……厄介。胸にずきりと痛みが走る。

「手に入れたと思ったのは勘違《かんちが》いだったようだ。たいしたものだな、昨夜のあれが演技だったとは」

「――ッ」

素っ気なく放たれた言葉に、すっと血の気が引いていった。動揺を隠《かく》し切れず身体《からだ》中が震《ふる》えそうになるのを、膝の上の拳《こぶし》を固《かた》くすることで必死に抑えようとする。

「美晴には好かれていると思っていたが、どうやら騙されていたようだ」

「……そんなの、あなたの思い込みでしょう」

今にも噴《ふ》きだしそうな屈辱《くつじょく》や悲しみ、本音を堪《こら》え、美晴はフロントガラスを睨《にら》んだ。

「俺はそんなこと、一言も言ってません。勘違いです」

「――なるほど。それが本当なら」

アーサーの瞳《ひとみ》が酷薄《こくはく》に細められる。

「美晴は、好きでもない相手とセックスするような人間なわけだ」

「な、っ……！」

残酷《ざんこく》な言葉がナイフのように、さく、と心に突《つ》き刺《さ》さった。

「そ、そんな、の……っ、そんなこと、しません……！」

ひどい衝撃《しょうげき》に呼吸が乱れ、美晴は知らず頭《かぶり》を振った。固く守っていた壁《かべ》を突き崩《くず》して秘密を暴《あば》かれる恐怖《きょうふ》より、軽蔑《けいべつ》される恐《おそ》ろしさが加速度的に高まっていく。

「だったらなぜ私に抱《だ》かれた。約束だったからだとでも説明するか？　だが、あのとき私は約束はもういいと言ったはずだ。指輪を取らなくていいのかと確認もした。そのどちらも拒否《きょひ》して私のものになることを選んだ理由はなんだ」

非情な声が逃げ道をひとつずつ塞《ふさ》いでいく。

「私のことを好きなわけではないんだったな。なら、からかっていたのか」

「ちが、違《ちが》います、からかってなんか、」

「私を騙して煽《あお》って、楽しんでいたわけだ」

「っ、騙すなんてそんなこと……！　嘘じゃないです、演技なんかしてない、俺は本当にあなたが――」

そこまで叫《さけ》んで、美晴はとっさに呼吸を止めた。

私のレイ。受話器の向こうにそう呼びかけたアーサーの声が耳の奥に蘇《よみがえ》る。

「本当に私が、……その先は――？」

冷徹《れいてつ》だったアーサーの声音が急にいつものトーンに戻《もど》った。数秒遅れてそれが意味するところに気づき、美晴は止めていた息を、は…、と力なく吐《は》きだした。

――どこまで馬鹿《ばか》なんだろう。

自分の愚《おろ》かしさが情けない。美晴の嘘には騙されようがないと言われたばかりだったのに。間抜《まぬ》けな自分を罵《ののし》ってみても、もう遅《おそ》い。見透《みす》かされ、ひどい台詞《せりふ》で挑発《ちょうはつ》されて本音を引き出された。美晴がそれと気づくのは、いつも罠《わな》にかかった後なのだ。

「美晴」

彼独特のひんやりとして甘い声。これもなにかの誘導《ゆうどう》だろうか。その声でこんなにも優《やさ》しく呼ばれたら、精一杯《せいいっぱい》の虚勢《きょせい》が脆《もろ》く崩れてしまう。

「その先は……言えません」

「なぜ」

理由も言いたくない。けれど前しか見ていなかった横顔が微《かす》かにでもこちらを向けば、それだけで言いなりになってしまうこともわかっていた。

もう、駄目《だめ》だ。心の芯《しん》から駄目になるほど、この人のことがどうしようもなく、好き。でも、

「あなたには、……レイさん、が、……いるから」

「レイ……？」

思いがけないことを言われたというように、アーサーが瞠目《どうもく》した。けれど、襲《おそ》い掛《か》かってくる痛みの予感にぎゅっと両目を閉じていた美晴はそれに気づかない。

「付き合ってるんでしょう？」

肯定《こうてい》の返答を、身構えて待つ。しかし、

「……それか」

しばし流れた沈黙の後に返ってきたのは、呆れ果てたような溜息混じりの呟《つぶや》きだった。

「わかった。おそらく全部飲み込めた。予想を超《こ》える馬鹿《ばか》馬鹿しさだな。どうりで思い詰めていたわけだ」

「ば、ばか……？」

気の抜《ぬ》けたような口調にそろりと隣《となり》を窺《うかが》うと、アーサーが珍《めずら》しく疲《つか》れたように片手を額に押し当てていた。

「凄《すご》いな、美晴。壮絶《そうぜつ》な勘違いだ。残念ながらレイとはそんな関係じゃない」

うんざりと放たれた台詞を、すぐには理解できなかった。彼は今、なんて言った――？

「レイと付き合ってなどいない」

「嘘――！」

無意識の叫びが勝手に喉《のど》から飛び出した。

「だって、そう考えると全部納得《なっとく》がいくんです」

虚《むな》しい期待を抱かないように、美晴は苦しく言葉を繋ぐ。

「最初レイさんに冷たくされたのは、あなたが俺のことを構うのが嫌《いや》だったからなんじゃないかって。恋人《こいびと》が目の前で他人にちょっかい出していたら、そうなるのも当然だと思う」

「レイが初対面の人間に対して冷淡なのは、あれの仕様だ」

アーサーが落ち着き払《はら》って反論してきた。

「人見知りをするから慣れるまでに時間がかかる。だが最近はレイの態度も軟化《なんか》していただろう？　慣れてきたこともあるが、美晴が近づこうと努力するからあれもほだされたんだ」

「じゃ、じゃあ俺がレイさんにご飯だしたとき、あなたが急に不機嫌《ふきげん》になったのは？」

納得できない。美晴は身体《からだ》を捻《ひね》ってアーサーの方へ身を乗り出した。

「あのときレイさんが俺のことじっと見てたから、余所見《よそみ》されるのが嫌だったんでしょう」

「逆だ。あのとき機嫌が悪かったのは、レイのことだけで一杯《いっぱい》だったこの頭のせいだ」

ステアリングから離《はな》れた手が、美晴の額を軽く小突《こづ》いた。

「余所見をしていたのはレイじゃなく、美晴だ。レイが食事を受け取った程度で有頂天《うちょうてん》になって、私のことなどすっかり忘れていただろう」

言われて、美晴は瞬《まばた》きをした。どういう意味だろう。気まぐれで仕掛《しか》けたゲームの相手でも、その関心が自分から離れると、ないがしろにされたようで面白《おもしろ》くないということだろうか。それとも——。

一瞬《いっしゅん》、彼の話をよく聞くべきだと心のどこかが囁《ささや》いてきた。けれど、藪《やぶ》をついて蛇《へび》を出すような真似《まね》はしたくない。もうこれ以上、傷つくのは怖《こわ》かった。期待なんてしちゃ駄目だ。

「なら、月曜日の夜は？　内緒話《ないしょばなし》の最中にレイさんが俺のことちょっと見ただけで自分の方を向かせていたの、俺見ました」

　あれを見て、自分の気持ちに気づいたのだ。内心、改めてショックを受けて落ち込んでいく美晴に、ああ、とアーサーは平然と相槌《あいづち》を打った。

「あれは、あの時点では美晴に聞かせられない話をしている最中に、レイがわざわざ美晴の方を見たからだ。私の中の計画をひとかけらでも悟《さと》られたくなかった。だから気づかれるような真似はするなと、そういう意味だったんだが」

「……ちょっと聞こえました。真珠《しんじゅ》を、プレゼントするって」

「聞こえたのか。……なら、仕方がない」

　なにを思ってか、アーサーがやや残念そうに溜息をつく。

「あの夜、真珠の首飾《くびかざ》りを贈《おく》ると決めたんだ。――美晴に」

　聞きたくない。拒絶《きょぜつ》するように固く目を閉じた美晴は、しかし最後に添《そ》えられた自分の名前に、ぱち、と弾《はじ》かれたように目を開いた。

「え――？」

「首輪がいると言っただろう？」

「首、輪……？」

　あの夜のことを思い出してみると、帰りの車中で確かに言われた。けれど、それがなんなのだろう。誤魔化《ごまか》す気だろうか。涙目《なみだめ》のままアーサーを睨む。斜《なな》めどころか、捻《ねじ》れて横倒《よこだお》しになっていたはずの彼の機嫌はいつの間にか直ったらしく、見慣れた微笑《びしょう》を浮《う》かべていた。その考えの読めない横顔に、美晴は悔《くや》しさと、それ以上の悲しみを覚える。

「……も、わけが、わかりません」

どうして自分だけがめちゃくちゃに感情を揺《ゆ》さぶられなければならないのだろう。彼にとってはこれもゲームのうちなのだろうか。美晴の瞳は急速に力を失って自分の膝頭《ひざがしら》へ向けられる。

「なんでこんなこと、するんですか。あなたはレイさんが好きなんでしょう? いつも俺なんかその場にいないみたいに、二人だけの世界を作ってたじゃないですか。今朝だって、レイさんから電話があったら今すぐ行くって出て行った。それに、……私のレイ、って」

レイと付き合っているなら、遊び終わった自分のことなど放っておいて欲しかった。そうしたら大人《おとな》しく日本へ帰って、もう二度と二人の前に現れたりはしないのに。

「やはり首輪は必要だな。誰が誰のものなのか、まったくわかっていないようだ」

うなだれた美晴の頭を大きな手のひらが優しく撫《な》でた。触《さわ》らないで。そう言って振《ふ》り払わなければいけないのに、彼の手は温かくて心地《ここち》良く、とてもそんなことは出来そうにない。

「レイとはそういう関係じゃない。あれは、……そうだな。猫《ねこ》は家につくというだろう。それと似たようなものだ」

「……猫?」

確かにレイは猫を連想させる人ではあるけれど、そういう外見的、性格的な特徴《とくちょう》の話ではないようだ。

訝《いぶか》しく思って隣を見遣《みや》ると、アーサーが軽く顎《あご》を引いた。

「あれはエヴァンジェリスタ——今はもうない私の生まれた家の名だが、あの家の執事《しつじ》になるのが幼い頃《ころ》からの目標だった。私の両親、ことに母親に傾倒《けいとう》していて、自分の一生をエヴァンジェリスタに捧《ささ》げるつもりでいたようだ。今でもその思いが消えないらしくて、かつての主筋である私に尽《つ》くしてくれている」

個人としてのアーサーのことも信頼《しんらい》しているし、大事に思ってもいるだろう。けれどレイという人間の根底には、失われたエヴァンジェリスタ家への忠誠心がいまだ消えずに残っている。その部分がレイにアーサーを特別視させるのだ。

「レイはエヴァンジェリスタを大切に思っている。だから私を大事にする。それ以上の意味はない」

言い切ったアーサーがアクセルを軽く踏《ふ》み込んだ。スピードを上げた車窓の向こうで、観光バスがゆっくりと後ろへ流れていく。

本当だろうか。まだ納得できないし信じられない。けれど美晴の心臓は、それまでとは違《ちが》うリズムで鼓動《こどう》を刻みはじめている。

「でも、今朝の電話で……」

「私のレイ、そう言ったことか。確かに誤解されても仕方がないが、あれはちょっとした娯楽《ごらく》だ。今日は歯軋《はぎし》りが聞こえた」

——……娯楽。歯軋り？

口の中で繰《く》り返してみたが、まったく意味が摑《つか》めなかった。聞き違《ちが》いだろうか。

「私の優秀《ゆうしゅう》なアシスタント、私の自慢《じまん》のアシスタント。そう言うとレイは喜ぶ。評価されていると実感できて嬉《うれ》しいらしい。だが『私の』以下は長いだろう？　だから時々『レイ』と省略するんだが、そうするとあれはあからさまに不服そうな顔をする」

その顔を思い出したのか、アーサーが喉の奥で短く笑った。

「私のレイ。そう言われると、子供の使いを褒《ほ》められたようでプライドが傷つくんだそうだ。以前、強硬《きょうこう》に抗議《こうぎ》されたんだが、嫌がられると逆につっきたくなってね。面白いから時々そう呼んでいたんだが、美晴が嫌ならもう止めよう」

悪趣味《あくしゅみ》だ。そう思ったが、最後に言い添えられた台詞《せりふ》にそんな感想は吹《ふ》き飛んだ。

「別にそんな、嫌だとか、そういうわけじゃ……！」

「そうかな。可愛《かわい》くも深刻な嫉妬《しっと》に見えたが」

からかう口調で真実を突《つ》かれ、かぁっと頰《ほお》が熱くなる。心配しなくても、と続けたアーサーの声が燃えるように熱を持った耳に流れ込んだ。

「私とレイは、美晴の言うような関係じゃない。特殊《とくしゅ》な空気を作った覚えもない。だが、そういったものがあるとしたら、それはエヴァンジェリスタに捕《とら》われた者同士の因縁《いんねん》めいた繫《つな》がりだ。親族のような間柄《あいだがら》だと思えばいい。そうでなければ共犯者だ。私とレイの間に恋愛《れんあい》感情などはない」

「でも、あなたがそうでもレイさんは……」

アーサーのことを思っている可能性はある。

美晴の懸念《けねん》を、しかしアーサーは「有り得ない」と一笑《いっしょう》に付した。

「あれは人見知りをするくせに我が家の執事を自任している。私に対しては上司でも親しい友人でもなく、当主としての立場を強く求めているよ。恋人など論外だ」

きっぱりと否定されて鼓動がまた速くなる。それと連動するかのように、渋滞《じゅうたい》に巻き込まれずに走行してきた車が更《さら》に速度を上げて、ロンドン中心部へと迫《せま》っていた。

「人見知りのせいもあるが、レイが冷ややかだったのは美晴を観察していた部分もあったからだろうな。私と家に相応《ふさわ》しくないと判断したら、追い出すつもりだったんだろう。だが、レイは美晴を認めた。だから真珠を購入《こうにゅう》することに賛成した」

「真珠って、でもそれは」

「レイのためじゃない。いいから最後まで聞くんだ」

ふいに触《ふ》れてきた指先に唇《くちびる》の動きを封《ふう》じられ、胸に甘いさざなみが立った。触れられた所だけがじんと熱く痺《しび》れ、他《ほか》の部分とは違う、なにか別のものになってしまったような気がする。

「今朝のレイからの電話は、狙《ねら》っていた極上《ごくじょう》の真珠を無事押さえたという報告だ。あの後私が出向いたのは、アーティスト・ジュエラーの知人宅。真珠の粒《つぶ》の大きさが確定したから首飾りのデザインを詰《つ》めてきた。美晴の年齢《ねんれい》にあわせて十六粒の真珠をメインにあしらった首飾りだ」

またもや意外な単語が飛び出して話の筋が見えなくなったが、もう聞き間違《まちが》いだとは思わない。美晴は言われた通りに大人しく話の続きを待った。

「美晴の言うところの、私とレイの内緒話は、その真珠を押さえる算段だ。話をする時と場所を考えればよかったのだろうが、あのときの私は忌々《いまいま》しいアメリカ人のせいで冷静さを欠いていたんだな。一刻も早く、美晴に首輪をつけてしまいたかった」

苦笑《くしょう》に歪《ゆが》めた横顔を見つめ、美晴は月曜の夜の出来事を思い返す。

クレイマンの車から助け出されて帰る途中《とちゅう》、首輪をつけると確かに言われた。今の話を聞く限り、その首輪が、つまり首飾りのことのようだ。車を降りた後、アーサーはレイとその話をしていたらしい。

首飾りを作るのにどうしても真珠を使いたかったのだという。ところが、狙っていた天然ものの真珠の商談予定日がゲームの最終日と重なってしまった。予定はずらせず、しかし美晴を完全に手中に収めなければ真珠を手に入れる意味はない。どちらも逃《に》がすつもりのなかったアーサーは本命の美晴を優先し、入念な根回しをした上で商談にはレイを向かわせた。その報告が今朝の電話だったと説明されて、思いも寄らないその話に美晴は目眩《めまい》がしそうになった。

「極上の真珠を十六粒って……それを使った首飾りって……」

「ブルーダイヤと合わせる予定だ。これは嫌《いや》でも受け取ってもらう。生涯《しょうがい》を誓《ちか》う相手と結ばれたら、その相手に相応しい首飾りを贈るのはエヴァンジェリスタの伝統だ」

エヴァンジェリスタ家には、歴代当主の結婚式《けっこんしき》で『ロイヤル・ロマンス』を交換《こうかん》し、結ばれた後で妻に首飾《くびかざ》りを贈《おく》るというしきたりがあった。その他にも誕生日、出産などの人生の節目や、なにか喜ばしいことがある度に当主は妻にオリジナルのジュエリーを贈ってきたという。

クレイマンから盗《ぬす》んだルビーの首飾りも、オークションで買い戻《もど》したティアラやソトワール、ブローチも歴代の当主がそれぞれの妻に贈ったものだ。権勢を誇示《こじ》するためではなく、愛情を示すために。

「そうした意味では、ジュエリー・コレクションは一族の財産というよりアルバムのようなものだったな。……美晴に言われるまでは気づかなかったが」

アーサーがそう独りごち、瞬《まばた》きも忘れて彼を凝視《ぎょうし》する美晴を流し見た。

「言われて、って……、俺、なにか……？」

「あのコレクションを、形見などという血の通った言葉で表現されたのは初めてだったよ」

正面に向けられている双眸《そうぼう》が眩《まぶ》しいものを見るように、その形を柔《やわ》らかに細めてゆく。

「レイならエヴァンジェリスタ家の誇《ほこ》りであり財産だと言うだろう。鑑定士《かんていし》なら、かけがえのない人類の歴史的な遺産だとでも言うはずだ。泥棒《どろぼう》にとっては、確かにあれは宝の山だっただろうな。だが、私にとってあのジュエリー・コレクションはそのどれとも違った」

なぜこれほどジュエリー・コレクションに執着《しゅうちゃく》していたのか。あのときわかったのだとアーサーは穏《おだ》やかに続ける。

「私はエヴァンジェリスタ最後の直系だ。一族の誇りにかけて奪《うば》われたものは取り戻す。子供の頃からそう思い詰めていたのは確かだ」

けれど、本当の動機は自分自身がなんの疑いもなく信じていたプライドの問題ではなかったのだと、彼は薄《うす》く微笑《ほほえ》んだ。

「さっきアルバムのようなものだと言っただろう？　あれは両親や祖父母や、失われたエヴァンジェリスタ家を象徴《しょうちょう》する大切な品だ。それぞれのジュエリーの持つエピソードを絵本代わりに聞かされて育った私にとって、一族の形見だ。だから取り戻したかった」

そんな簡単なことに気づけなかった。取り戻すことが自分にとって当然のことでありすぎて。

そう言い添《そ》えたアーサーの目が微《かす》かに動き、美晴の胸元《むなもと》の指輪を捕《と》らえたのがわかった。

「美晴にとってもその指輪は大切なものだっただろう。それを返すと言って差し出した、あの潔《いさぎよ》さには驚《おどろ》かされた」

『花嫁《はなよめ》の指輪』が美晴にとって母の形見だということを、あの時点でアーサーは知っていた。だから取り返すことに躊躇《ちゅうちょ》して、どうしたものかと考えていたのだが、その間に美晴は一人で辛《つら》い決断を下してしまった。今にも零《こぼ》れそうな涙《なみだ》を堪《こら》え、指輪と引き換《か》えになにか条件をつけることもなく、ただ返すと言ってアーサーの胸に指輪を押し付けた。あれは本当に予想外の反応だったと、アーサーが表情を和《やわ》らげる。

「それに美晴の涙は、私には……とても温かかった」

その言葉に美晴は小さく頭を傾《かたむ》けた。温かい。それは美晴のほうこそアーサーに対していつも感じていたことだ。

「どうして、ですか」

尋《たず》ねると、優《やさ》しい色をした瞳《ひとみ》が一瞬《いっしゅん》こちらに投げかけられた。

「私は、身内が誰もいないなどと一言も言わなかった。だが美晴は気づいただろう？　形見の指輪を差し出せと、理不尽《りふじん》な要求を突きつけられていたにも拘《かかわ》らず、私を心配しただろう」

「な、なんでそんなこと……っ」

見透《みす》かされていたことに、少なからぬ衝撃《しょうげき》を受けた。あれは出会って二日目のことで、相手のことなどお互《たが》いなにも知らなかったのに。

「美晴は指輪を返すとき、自分には他にも母の思い出の品があると口にした。私にとっても『花嫁の指輪』は形見なのだろうと言い当てた」

それは、少しずつ取り返しているジュエリー・コレクションの他にはなにもなく、誰もいない自分の境遇《きょうぐう》を察しない限り出てこない言葉だと、彼は続けた。

「それだけ……たったそれだけで？」

「十分だ。驚いたが、それ以上に嬉しかったのだろうな、あの瞬間《しゅんかん》の私は」

訳も分からず心惹《こころひ》かれて触れてみたら、あまりに温かくて放《はな》したくなくなった。だからつい、あんなゲームを持ちかけたのだとアーサーが喉声《のどごえ》で笑うのを聞いて、瞬きをした美晴の瞳が見る見るうちに大きくなった。

「ゲームって、指輪の……？」

「そうだ。私が持っている指輪を盗むとなれば、嫌でも傍《そば》にいなければならないだろう？　こちらを見ないわけにもいかない」

欲しくなったから振《ふ》り向かせようと思い、まずは自分を意識させるためにあんなゲームを仕《し》掛《か》けたのだと聞かされて、信じる信じない以前にただ驚いて美晴は言葉を失った。

「我ながらどうかしていると思ったが、止められなかったし止める気もなかった。当初の狙いは『花嫁の指輪』にあったはずなんだがな。面倒《めんどう》な根回しをして、ホスト・ファミリーに断らせてまで美晴を手元に呼び寄せたのも最初は指輪のためだったんだが、その日のうちに目的が摩《す》り替《か》わっていた」

あくまでも楽しげに語られる話の内容に、しかし美晴はぎょっとした。

「こ、断らせた⁉」

愕然《がくぜん》とした美晴の前で、アーサーは平然と肩《かた》を竦《すく》める。

「その程度のことは気づくだろう、普通《ふつう》なら。ガードナー・コレクションで出会った翌日の再会だ。まさか、あの不自然なタイミングを偶然《ぐうぜん》だと信じたのか？　それはまた……素直《すなお》というか迂闊《うかつ》というか」

こちらのほうが驚かされるとアーサーがおかしそうに喉を震《ふる》わせる。

「だが、迂闊だったのは私も同じだ。二週間前、まさか自分が特定の人間にこうも執着することになるとは予想もしなかった」

愛しげな眼差《まなざ》しを向けられて、美晴の中から疑念や絶望が急速に薄れてゆく。

指輪のおまけ。ゲームの戦利品。暇《ひま》つぶしの玩具《おもちゃ》。彼にとっての自分などその程度のものだと思っていた。その関係は昨夜清算されて、今日別れたらもう二度と会うことはないのだと勝手に思い込んだ。それが辛くて逃げるように屋敷《やしき》を後にし、地下鉄の中で泣いて泣いて――。

――馬鹿《ばか》みたいだ。

いや、「みたい」じゃない。本物の馬鹿だ。美晴は真っ赤になった顔を片手で覆《おお》った。できることなら自分の錯乱振《さくらんぶ》りを抹消《まっしょう》してしまいたい。

「大体の顛末《てんまつ》はこんなところだが」

アーサーがワイパーを止め、シートの上で小さくなった美晴の頭をくしゃくしゃに掻《か》き回してくる。気づけばいつの間にか雨が止《や》み、車はロンドンの街へと入っていた。

「疑いは晴れたかな」

「……はい」

ごめんなさい、と告げた声は情けなくも消え入るようなものだった。

「それなら、ここからが本題だ」

アーサーが口調を改めた。その真剣《しんけん》な声音《こわね》に何事かと顔を上げた美晴は、直後ぎくりと身を引いた。真面目《まじめ》な声には不似合いな、例の笑《え》みが浮《う》かんでいたからだ。あの、意地悪が楽しくて仕方がないという性質の悪い、けれどどうしようもなく魅力的《みりょくてき》な微笑。

「エヴァンジェリスタのジュエリー・コレクションはまだ不完全だが、そこに新しい首飾りを加えるつもりだ。人生最大の探し物を見つけたからには、もう二度と逃げられないよう歴代当主に倣《なら》ってぜひとも首輪をつけておきたい。私はそう考えているんだが、美晴はどう思う」

そんなふうに返答を求められて、美晴は一瞬言葉に詰《つ》まった。

「あ、あの、それは……」

「言っておくが、逃《に》がす気はない。返答には注意することだ」

品良く引き上げられた口角が、イエス以外の答えはいらないと伝えてくる。深い色合いの双昨に、優しい光を湛《たた》えて。

「……探し物を見つけたら、あなたは盗んでも手に入れるでしょう？」

フロントガラスの向こう側、濡《ぬ》れた路面の先に白亜《はくあ》の屋敷が見えてきた。

「あなたに本気で狙《ねら》われたら、ターゲットは盗まれたも同然だし、……首輪なんかなくても、逃げたりしないと思います」

それは、と応じるアーサーの笑みが深くなる。

「私にならば盗まれてもいい。と、いうことか――？」

身体《からだ》中、耳の先まで熱くして美晴は首を縦に振《ふ》る。

「奪うとなれば根こそぎに奪うが、それでもか」

「は、い……」

ガラード邸《てい》の敷地《しきち》内《ない》で車を停《と》めて、こちらを向いた秀麗《しゅうれい》な顔が幸福そうな笑みに綻《ほころ》んだ。その美しさに美晴が思わず見惚《みと》れていたら、

「では、遠慮《えんりょ》なく頂こう」

「――え、っ？」

運転席へと強引《ごういん》に身体を引き寄せられ、抱《だ》き上げられたと思ったら、美晴はまるで荷物のように屋敷の中へ運ばれた。

「ちょ、ちょっと、降ろしてください！」

寝室《しんしつ》に向かっていることに気づいた美晴は、焦《あせ》ってアーサーの広い背中を叩《たた》いたけれど、相

手はダメージを受けるどころか機嫌《きげん》よく笑うばかりだ。

「盗《ぬす》まれてもいいんだろう？」

「それは、そうなんですけど」

「もう、逃げるつもりもないはずだな」

「それも、そうなんだけど……っ」

だったらなにも問題はない、とアーサーが美晴を降ろしたのは彼のベッドの上だった。仰向《あおむ》けに横たえられて、跳《は》ね起きようとする暇もなく上から押さえ込まれてしまう。

——まさか、今から？

美晴は本気で慌《あわ》てた。昨夜の今日だし、まだ外は明るい。常識的に考えてそれは問題だと思うのだけれど、以前彼には自分に常識を求めるなとはっきり言い渡《わた》されている。

「や、待って、ちょっと待ってください……！」

抱き合うことは嫌《いや》ではないが、この明るさの中で昨夜のようなことをするのはいくらなんでも恥《は》ずかしすぎる。なんとか思い留《とど》まってもらおうと必死に抗《あらが》った両腕《りょううで》は、しかし簡単に摑《つか》まれてシーツに縫《ぬ》いとめられてしまった。

「待つ必要などないだろう。逃げ出せるほど元気が有り余っているようだから、手加減の必要もなさそうだ」

「で、でもあの……っ、まだ昼間だし」

「それが、なにか問題か？」

「なにか、って、……っ、ん……っ」

唯一《ゆいいつ》残された抵抗《ていこう》可能な唇《くちびる》も、キスひとつで封《ふう》じられてしまう。

「幸い今日、明日は休みだ。美晴が誰のもので、私が誰のものなのか。もう二度と間違《まちが》えることのないように、今度こそ隅々《すみずみ》まで刻み付けておこう」

慌てさせてもらった返礼だ。

アーサーが口元だけでにっこりと、作為的《さくいてき》な優《やさ》しさを見せて微笑《ほほえ》んだ。

＊

周囲をシフォンの帳に包まれた天蓋《てんがい》つきのベッドの中は、外界から隔絶《かくぜつ》された柔《やわ》らかな繭《まゆ》の中のようだった。

閉《と》ざされた空間にはベッドの軋《きし》みと腰《こし》の擦《す》れ合う濡れた音、そして甘やかな声が満ちている。

「…ぁっ、だめ、待って、ま……ぁっ、やぁっ……」

深く折り曲げられている膝《ひざ》をがくがくさせながらすぼめようとしたら、内腿《うちもも》を掴まれて大きく広げ直された。

既《すで》に一度達したせいで、その間で美晴を深く穿《うが》った腰が力強く動いている。

感じやすくなった肌《はだ》には無視できない刺激《しげき》だ。美晴の下肢《かし》は汚《よご》れていた。快楽の残滓《ざんし》が伝い落ちていく感触《かんしょく》さえ、つ、と肌を雫《しずく》が伝うたび、腰の奥深くまで食《は》んでいるものを身体が勝手に締《し》めつける。

「……っ、く……ぅん……っ」

「待つ必要は、なさそうだが……？」

「あんっ……！」

笑みを含《ふく》んだ甘い声の持ち主が、ゆるく掻き回していたそこをぐっと深く突《つ》いてきた。そうされると背中や喉《のど》が反り返り、自分のものとは思えないようなとろけきった嬌声《きょうせい》が迸《ほとばし》る。

昨夜遅《おそ》くまでアーサーを受け入れていたそこは指での愛撫《あいぶ》に容易《たやす》く綻んだが、アーサーは舌やローションを使い、時間をかけて丁寧《ていねい》に美晴の身体を開いていった。

それは優しさというより、彼なりの意趣《いしゅ》返しだったのかもしれない。

昼間からベッドで大きく脚を開かれ、その狭間《はざま》を延々と指や舌にぬるぬると這《は》われて美晴は消え入りたいほどの羞恥《しゅうち》に苛《さいな》まれた。泣いて許しを求めてもアーサーは聞く耳を持たず、芯《しん》まで溶《と》かして駄目《だめ》にするのが目的なのかと思うほど美晴の身体から深い官能をゆっくりと引きずり出していった。

そのせいで美晴はひどい疼《うず》きに苛まれ、ずるりとアーサーが腰を進めてきただけで堪《こら》えきれずに熱を放ってしまった。

吐《は》き出している間にもひくつく内部に緩《ゆる》やかな振動《しんどう》を送り込まれて、美晴は泣いて身を捩《よじ》った。のぼりつめた高みから降りてくることを許されず、疼きばかりを酷《ひど》くされて、今も呼吸がままならないほど追い詰められている。

一度自身を攫《さら》った高波が引かないうちに押し寄せてきた、新たな快楽の波。それにあっけなく飲み込まれ、従順に反応してしまう自分の身体が恥ずかしくて、怖《こわ》い。

「……ぁう……っ、待っ……あぁっ……」

美晴はまた泣きそうになった。待ってと必死に頼《たの》んでいるのに、アーサーは達したばかりで過敏《かびん》になっている身体の中を擦《こす》り、掻き回してくる。唇と両手は神経がむき出しになったような肌を遠慮なく刺激して、敏感《びんかん》に反応する美晴の様子を楽しんでいるようだった。

「ああ、まだ出てるな」

「や、だ……み、な……見ない、で……っ」

柔らかい左の腿《もも》を撫《な》でながら、右の足首にキスをする。そうされて敏感に身体を震《ふる》わせ、腰を揺《ゆ》らして身悶《みもだ》える様をアーサーが楽しげに眺《なが》めている。

肌を合わせるのは、まだ二度目だ。

感じて乱れるところや射精の瞬間《しゅんかん》を見られることに死にたいほどの羞恥がある。放った体液に濡れた肌や、アーサーに穿たれた箇所《かしょ》まで晒《さら》されて平気でなんかいられない。だからなんとか膝を閉じ合わせアーサーの視線を遮《さえぎ》ろうとしたのに、逆に脚《あし》を大きく開かされ、感じるように刺激されて、もうどうすればいいのかわからなかった。

これは勝手に勘違《かんちが》いして黙《だま》って逃げた罰《ばつ》なのだろうか。そう思わずにはいられないほど、アーサーは意地が悪かった。

優しいくせに容赦《ようしゃ》のない的確な愛撫で美晴を泣かせ、ぐちゃぐちゃに乱しておきながら、自分ひとり涼《すず》しい顔をしている。美晴は汗《あせ》と涙《なみだ》に濡れて、下肢はローションや体液で汚れてしまっているのに、美晴をそうした本人にはいささかの変化もない。均整のとれた逞《たくま》しい身体に薄《うす》く汗を刷《は》いた程度だ。いやらしさなど、どこにもない。彼のせいとはいえ、乱れきった自分の姿に美晴はいたたまれなくなった。

「い、ぁっ……」

く、といかにも遊びのように奥を突かれて、また先端《せんたん》に白い体液が滲《にじ》んでしまう。ぐり、と腰を回されると少量のそれが零《こぼ》れて性器を伝い落ちていった。はしたなく下肢をとろとろと濡らすその様を、青みを増したアーサーの双眸《そうぼう》が捉《とら》えている。

……見られてる。

そう思うと羞恥でどうにかなりそうなのに、美晴のそこは震えながらますます潤《うる》みを帯びていった。

「あ、あぁ……い、や……っ、見ないで……っ、動く、の……やぁ……っ」

「見られるのも、中をされるのも好きなようにしか見えないが」

ほら、と立て続けに揺さぶられ、繋《つな》がったところから果物を潰《つぶ》すような音がした。

「や、あ、ぁんっ……」

「どうした、美晴……？　昨夜よりずっと感度がいいな」

やだ、と美晴は首を振《ふ》る。そんなことを言わないで欲しかった。昨日と今日では美晴の気持ちは一八〇度変わっている。迷うことも隠《かく》すものもなく、昨夜アーサーに望まれた通り、すべてを明け渡してしまっているのだから反応が違《ちが》うのは当然だ。

なにをされてもみっともないくらい感じてびくびく跳ねる身体《からだ》を見られたくなくて、美晴はアーサーへと両手を伸《の》ばした。脚を押さえた腕《うで》を辿《たど》り、震える指で逞しい肩《かた》に掴まる。好きな人の愛《いと》しい身体を懸命《けんめい》に引き寄せようとしたけれど、すっかり力の入らなくなった腕ではどうにもならなかった。察したアーサーが身体を倒《たお》してくれたので、二人の間に隙間《すきま》がなくなるほどぎゅっと強くしがみつく。

「こんなことも、昨夜はしなかったな。……辛《つら》かっただろう」

美晴を包むように抱いたアーサーが髪《かみ》に頬《ほお》を寄せてきた。様々なことに耐《た》えた昨夜の気持ちを見透《みす》かされ、美晴は小さく首を振ったけれど瞳《ひとみ》は肯定《こうてい》していただろう。

色んな言葉を自分で封じた。縋《すが》ることは許されないと、自分からアーサーに手を伸ばすことも禁じていた。

けれど、今は違う。躊躇《ちゅうちょ》なく彼に触《ふ》れられる。抱きしめられる。思ったままを口にしても誰も傷つかず、悲しまない。それが嬉《うれ》しくて幸せだ。

全身をアーサーの温《ぬく》もりに包み込まれる安心感に乾《かわ》いていた心が癒《いや》されて、満たされていくのがわかる。身体からゆっくりと力が抜《ぬ》けて幸福感に滲んだ涙を、アーサーの唇に拭《ぬぐ》われた。

「あ……」

「我慢《がまん》しなくていい。今日は、好きなだけ……美晴の、いいように」

目許《めもと》に触れたキスが目尻《めじり》からこめかみへと移り、やがて耳朶《みみたぶ》を柔らかく食んだ。びく、と浮《う》いた背中をひと撫でした手が胸へ回り、真っ赤に尖《とが》った胸の頂を擦るように撫でてくる。敏感な所に触れられて、腰が小さく跳《は》ねた拍子《ひょうし》に熟《う》れたようになっている中が擦れあった。

「や、ゃっ、動か、な……で……っ」

「動いてない」

「い、あぁっ……！」

押し潰した乳首《ちくび》を今度は摘《つま》み上げられて、アーサーに繋がれた美晴の腰が意識を離《はな》れて不器用に跳ねた。そこに埋《うず》められているものを締めつけたまま揺れてしまうものだから、身体の内側で不規則にぬるぬると熱が擦れ、余計に疼きが酷くなる。

「ぁん、だめ、や、めて……っ……」

「私じゃない。腰を振っているのは美晴だろう……？」

「…そ、な……ちが……」

「違《ちが》わない」

アーサーの指摘《してき》した通り、逞しい身体に組み敷《し》かれ、けれどそこだけわずかに浮いた腰がもどかしげに揺れていた。拙《つたな》い動きでぎこちなく、けれどそのぶん妙《みょう》に艶《なま》めかしい風情《ふぜい》で濡《ぬ》れた音を立てている。

「や、やだ……して、な……いっ……」

それでも強情《ごうじょう》に言い張ると、耳に触れているアーサーの唇《くちびる》がふっと笑った気配がした。それだけでぞくりとして喉が白く反り返る。

「してる。ほら、ここを……こう、すると……」

「こういうのも、好きなようだ」

アーサーが身体をずらし、指に摘み取られていた乳首を今度は舌で嬲《なぶ》りはじめた。反対側を指で捕《と》らえ、くりくりと捏《こ》ねるようにする。綺麗《きれい》に反った背中を撫で下ろした手のひらが小さく揺れる尻《しり》の丸みを包み込み、そこを驚《おどろ》くほどいやらしい手つきで揉《も》みこんできた。

「や、だ……っ、いや……ぁ……っ」

中を一杯《いっぱい》にされたまま尻を外から圧迫《あっぱく》されると、隙間なく包んでいるのに密着感が更《さら》に増し、ただでさえ重い存在感が息苦しいほどに強くなる。大きさや形までリアルに感じてしまい、激しい羞恥に襲《おそ》われるこの行為《こうい》が美晴は苦手だった。けれど身体の奥では切ないような甘苦しい疼きがじくじくと滲《にじ》みだし、爪先《つまさき》まで感じきった美晴はアーサーの背に縋りついてやるせなく身を震わせることしかできなくなる。

「…っは、あ、ぁん……っ」

「こら、そんなに零すな」

自分で追い詰《つ》めておきながらアーサーがそんなことを言い、美晴の熱を手のひらに包んだ。また勝手にいかないようにと根元をきゅっと押さえられ、先端に滲む体液を押し戻《もど》すようにぐりぐりと指の腹で撫でてくる。

「や、ぁんっ……あぁっ……」

溜《た》まるばかりで解放を許されない甘い熱が、美晴を内側から蝕《むしば》んだ。そのせいで勝手に腰《こし》が揺れるたび、更に疼《うず》きが酷くなる。

これ以上されたら本当に駄目《だめ》になりそうで、美晴は弱々しく頭《かぶり》を振った。

「い、やぁっ、あ、も……だめ……」

「……可愛《かわい》いな、美晴。いい眺めだ」

アーサーがなにか言っていたが、もう理解できなかった。身の内を電流のように走る快楽に休む暇《ひま》もなく乱されて、苦しく胸を喘《あえ》がせるばかりだ。

美晴の額に、こんなときには不似合いな優《やさ》しいキスが落ちてきた。その唇は頬のラインを撫でるように辿り、ちゅ、と最後に美晴の唇の上でやけに可愛らしい音をたてる。

「……す、き」

じんと痺《しび》れた唇に、切なさがこみ上げた。

「美晴……？」

「好き……ぁっ、好き、です……っ、もう、ずっと、さいしょ、から……っ……！」

身体の奥を貫《つらぬ》かれ、語尾《ごび》が悲鳴のように高く掠《かす》れた。

私も、だ。

そんな言葉を聞いたような気がする。けれど強く摑《つか》まれた腰を深く激しく穿《うが》たれて、そこから生まれる溶《と》け崩《くず》れていくような感覚に巻き込まれたら、後はもうなにもわからない。

「あ、あっ、ぁんっ……す、き……っ」

確たる刺激《しげき》を求めて切なく疼いていた場所を、奥まで猛々《たけだけ》しく満たされた。激しく揺《ゆ》さぶられ何度も抉《えぐ》られて、簡単にのぼりつめそうになる。

正気ではとても聞いていられないような音が響《ひび》いていたけれど、速い鼓動《こどう》が耳の中でがんがんしていてそれどころではない。必死にアーサーにしがみついて、抱《だ》きしめられる目の眩《くら》むような幸福感と与《あた》えられる快楽にただ溺《おぼ》れていく。

「あ、も、だめ、だめ……っ……また……い、く……っ」

硬い腹に擦《こす》られていた美晴の熱がまた弾《はじ》けた。ほとんど同時に、腰を強く押し付けられて身体の奥に放たれたのを感じ、淫《みだ》らな収縮を繰《く》り返す後孔《こうこう》がまた違う感触《かんしょく》に震《ふる》える。

「あ……ぁっ……」

「美晴……」

呼吸を整える暇もなく、荒《あら》く息を継《つ》ぐ唇を嚙《か》みつくように塞《ふさ》がれた。強く抱き締《し》められた身体の奥で、硬度《こうど》を保ったアーサーが再び動き始める。

「や、いや……っ、も、むり……」

「まだ、だ。……奪《うば》うなら、根こそぎに。そう、言ったはずだな……？」

汗《あせ》に濡れ、目を眇《すが》めるようにして意地悪く笑ったその顔に見惚《みと》れた瞬間《しゅんかん》、また深々と穿たれた。背が弓なりに反《そ》り返り、突《つ》き出すようになった胸の先を、アーサーの唇に含《ふく》まれる。きゅうっと吸われ、胸から腰へと突き抜けるように快感が走り、アーサーの熱を絞《しぼ》り上げながらたまらず腰を捩《よじ》った。

「あぁ……っ、も……溶け、ちゃ……っ」

ずくん、と身体の芯《しん》が疼き、体内に渦巻《うずま》く甘苦しさにか細く喉《のど》を震わせて、美晴はまた次の波に飲まれていく。

やがて津波《つなみ》のような快楽の果てに再度身体の奥を濡らされた。息も絶え絶えで、もうなにもわからないような状態だった。

けれどその瞬間、骨が軋《きし》むほど強く抱き締められたのを朧《おぼろ》に感じて。

気が遠くなるほど幸せだった。

＊

「――うん。元気だよ。……大丈夫《だいじょうぶ》、すごくいい人だから。――あっ、あの、……心配してくれて、ありがと。……うん、それじゃ」

通話を切った電話の子機を、横から伸びてきた手がひょいと奪ってサイドテーブルに置いた。

「許可は下りたのか」

「はい。大丈夫です」

掠れ気味の声で答え、美晴は傍《かたわ》らに腰掛《こしか》けた恋人《こいびと》を見上げる。

昨日の午後、この屋敷《やしき》に戻ってきてから美晴はずっとベッドにいた。延々と苛《さいな》まれたせいで身体中あちこちが軋み、ろくに身動きもできない状態だ。その原因となったアーサーはさほど罪悪感はないようで、しかし一度逃《に》げられているだけに目を離すのが心配なのか、ずっと美晴の傍《そば》にいた。

今の電話は東京からの国際電話だ。帰国が大幅《おおはば》に遅《おく》れると知って、さすがに父も息子《むすこ》のことが心配になったらしい。ロンドン時間の朝九時ちょうどに電話のベルを鳴らしてきた。

「ちょっと緊張《きんちょう》しました。父さんと話すの、久しぶりだったから」

「そうか」

ふわりと前髪《まえがみ》をかきあげてくるアーサーの手が心地《ここち》よくて、美晴はそっと目を細めた。彼は美晴の家の事情を知っているから父子の会話に触《ふ》れようとはしない。ただ、こうして優しくしてくれる。

今回は気遣《きづか》われるようなことはなにもなかった。久々の会話は互《たが》いにひどくぎこちなかったけれど、話の内容は隠《かく》すようなことではない。むしろ聞いて欲しいくらいだ。

「帰国は二十七日でいいって。あなたのこと、信頼《しんらい》できる人みたいで良かったって言ってました」

滞在《たいざい》延長の許可をもらえたのは、アーサーが美晴の父にホスト・ファミリーとして挨拶《あいさつ》をしてくれたおかげだ。言葉を交《か》わすのも久々の父に本当のことを打ち明ける勇気はさすがにないけれど、アーサーの人柄《ひとがら》を肯定的《こうていてき》に受け止められたことは単純に嬉《うれ》しかった。

「納得《なっとく》してもらえたか」

「はい。それから、……再婚《さいこん》の件は考え直してみるって」

頷《うなず》いた美晴は、静かに目を伏《ふ》せて髪を撫《な》でるアーサーの手を捕《つか》まえた。

「それを聞いて、嬉しかった。父さんはまだ母さんのことを忘れてないって、ほっとしました。でも悲しくもなったんです」

父はまだ母のことを思っている。だからこそ父の中で、母は辛《つら》い記憶《きおく》として生き続ける。

それを思うと、胸が複雑な痛みを訴《うった》えた。

――早く、優しい思い出になればいい。

自分が母を明るく暖かい思い出に変えることができたように。

美晴は、そんなふうに自分を変えてくれた傍らの恋人を見上げた。

「俺、ずっとあなたにお礼が言いたかった」

「お礼？」

アーサーが片眉《かたまゆ》を軽く上げて先を促《うなが》してくる。はい、と美晴は頷いて、

「ガードナー・コレクションでも、両親に対する気持ちの中でも、あとそれから……空港でも。物理的にも精神的にもすぐ迷子になる俺のことを、あなたはいつも見つけてくれたから」

迷子になった美術館で出会ったときのことを思い出す。

ブルーグレイの双眸《そうぼう》の射貫《いぬ》くような鋭《するど》さ。迷子かと尋《たず》ねてきた、美晴を心の底から安心させてくれた声。これも一目惚《ひとめぼ》れのうちに入るのだろうか、あのとき美晴はすっかり彼を信用して、心の一部を預けてしまったのだと思う。この人なら大丈夫だと、本能的に信じて。

「俺のこと、見つけてくれてありがとうって言いたかったんです。それがあなたで良かったって、伝えたかった。それから、あの……今更《いまさら》、なんですけど」

言いよどみ、一度逃げるように外した視線を、意を決してアーサーのそれと合わせ、

「……たぶん俺は、一番最初に出会ったときから、あなたのことが好きでした」

伝えたいと思っていたことを素直《すなお》に口に出来たことに、羞恥《しゅうち》と、それ以上に嬉しさを感じた。まだちゃんと言っていなかったから、と真っ赤になって恥《は》じらいながら、こみあげる喜びを隠すことも出来ず、美晴は捕まえていたアーサーの手をぎゅっと胸元《むなもと》に抱《かか》え込む。すると、

「なるほど。昨日のあれは覚えていないわけか」

くすくすと笑い出したアーサーに逆に深く抱き込まれた。そのまま体重をかけられて、支えきれずに美晴はアーサーと折り重なってベッドの上に倒《たお》れこむ。

「え？　な、なに？」

「これはもう私のせいじゃないな。美晴がベッドから出られないのは自業自得《じごうじとく》だ」

驚《おどろ》いた美晴の肌《はだ》をするりと撫で上げ、アーサーが意地悪く微笑《ほほえ》んだ。パジャマ代わりに羽織っていたシャツのボタンをあっという間に外されて、さすがにその意図を悟《さと》る。

「そ、それは無理！　無理です、もうだめ……っ」

「可愛《かわい》いことを言う美晴が悪い。ほら、ここ……」

「や、ぁっ、……ずる、い……っ」

「ずるくないさ。好きだろう？　私も、私とこう……する、ことも」

甘い刺激を送り込まれ、一晩中どうにもならない熱を孕《はら》んでいた身体《からだ》は瞬《また》く間に官能の淵《ふち》へと引きずり込まれていく。

せっかく開けた帳が引かれて、ベッドは小さな密室になった。

その一瞬《いっしゅん》の隙間《すきま》に、ベッドサイドでなにかが光ったような気がしたけれど、そんな些細《ささい》な事《こと》柄《がら》は意地悪で優《やさ》しい愛撫《あいぶ》に乱された意識の底へと沈《しず》んでいく。

甘い熱の上がり始めた帳の中とは裏腹に、外は爽《さわ》やかな上天気だ。曇《くも》りや雨の日の多いロンドンだが、今日は昨日とは打って変わって朝からくっきりと晴れ渡《わた》っている。

アーサーと二人、帳の中にいる美晴は、自身の名前を表したかのようなこの晴天を望むことはできないだろう。けれど、その代わり。

――この指輪を交換《こうかん》した者同士は、生涯《しょうがい》変わらぬ愛情によって結ばれる。

そんな伝説に彩《いろど》られた二つの指輪『ロイヤル・ロマンス』がサイドテーブルの上で寄り添《そ》い、陽射《ひざ》しを受けて幸福そうにきらめいていた。

あとがき

初めまして、羽鳥有紀です。

このたびは本作をお手に取って頂き、ありがとうございます。

水名瀬雅良先生の美麗《びれい》なイラストはもちろん、ストーリーの方も楽しんで頂けたら嬉《うれ》しいのですが、いかがでしたでしょうか？


今回お届けするお話は、第七回角川ルビー小説大賞読者賞受賞作を改稿《かいこう》したものです。頭の中に主人公の二人が降ってわいたように現れて、衝動《しょうどう》的に書き始めたのが去年の二月のことでした。怪盗《かいとう》やアンティーク・ジュエリーのほか、好きなものを沢山《たくさん》詰め込んで、夢中になって書いたことを憶《おぼ》えています。

本作は、有難《ありがた》くも読者賞を頂いた作品とはほとんど別物になりました。

投稿《とうこう》作は、拙《つたな》さが目立つのはもちろんですが、好き勝手に書いたものだけに無茶な設定やシチュエーションが満載《まんさい》で、ふと夜中に思い出すと「ぎゃー、すいませんすいません！」と布団《ふとん》の中でじたばたするほどあり得ないお話だったのです。それをなんとか世に出せる形にしようと担当様が知恵《ちえ》を絞《しぼ》ってくださり、私も色々と考えました。

その結果、美晴は名前と背景が変わり、それに伴《ともな》ってキャラクターも少し変化したと思います。アーサーのキャラはほぼそのままで、これまで存在していなかったレイやクレイマンが新たに登場することになりました。

舞台《ぶたい》はアンティークの都、ロンドンです。

行きたい行きたいと念仏のように唱えていながらロンドンには行ったことがないので、ガイドブックと友人Wには大変お世話になりました。ヒースロー空港の入国審査《しんさ》は世界一厳しいとか、ロンドンではテイクアウトではなくテイクアウェイと言うのだとか、イギリス人は餡《あん》に馴《な》染《じ》みがないので苦手に感じる人が多いから、お饅頭《まんじゅう》などの和菓子《わがし》は手土産《みやげ》にしないほうがいいとか、色々教えてもらいました。その節は本当にありがとう。

それから、これはどうでもいいことかもしれませんが、執筆《しっぴつ》時に確認したレートでは一ポンドは二百三十円前後だったので、作中ではその辺りを目安にして大雑把《おおざっぱ》に計算しています。

出てくるのは架空《かくう》の美術館、観光名所は名前だけの登場で、ロンドン名物のダブルデッカーや騎馬《きば》警官なども出せなかったのは残念ですが、新しい舞台と設定を得て動き出したこのお話を楽しんで書き進めていくことができました。

担当様の的確な助言やご指導のおかげです。ありがとうございました。一人前になれるよう精進《しょうじん》して参りますので、これからもご指導頂ければ幸いです。どうぞ宜《よろ》しくお願いします。

イラストは水名瀬雅良先生が引き受けてくださいました。

キャララフを見た瞬間《しゅんかん》の感動は一生ものです。美晴は想像していたよりはるかに可愛《かわい》くて、アーサーは信じられないほど恰好《かっこう》よく、レイが死ぬほど美人でどうしようかと思いました。あんまり嬉しくて舞《ま》い上がったまま、いまだに降りてこられません。素敵《すてき》なイラストを提供してくださいまして、ありがとうございました。
デビューのきっかけを与《あた》えてくださった読者審査員の皆様《みなさま》、編集部の方々、この作品が一冊の本になるために尽力《じんりょく》してくださった皆様にも厚く御礼《おれい》申し上げます。

そして最後になりましたが、ここまで読んでくださった皆様に感謝の気持ちを。
本当にありがとうございました。
また、お会いできたら嬉しいです。

二〇〇七年三月

羽鳥有紀　拝

英国紳士《えいこくしんし》の華麗《かれい》なる日常《にちじょう》
羽鳥有紀《はとりゆき》

角川ルビー文庫 R114-1 14670

平成19年5月1日 初版発行

発行者——井上伸一郎
発行所——株式会社角川書店
東京都千代田区富士見2-13-3
電話/編集(03)3238-8697
〒102-8078
発売元——株式会社角川グループパブリッシング
東京都千代田区富士見2-13-3
電話/営業(03)3238-8521
〒102-8177
http://www.kadokawa.co.jp
印刷所——旭印刷 製本所——BBC
装幀者——鈴木洋介

ISBN978-4-04-452901-7 C0193 定価はカバーに明記してあります。

KADOKAWA RUBY BUNKO

角川ルビー文庫

いつも「ルビー文庫」を
ご愛読いただきありがとうございます。
今回の作品はいかがでしたか？
ぜひ、ご感想をお寄せください。

〈ファンレターのあて先〉

〒102-8078 東京都千代田区富士見2-13-3
角川書店 ルビー文庫編集部気付
「羽鳥有紀 先生」係

超豪華客船オーナー×
花嫁に逃げられた医者が魅せる
貴方にも(多分)出来る、船上ラブロマンス!
天野かづき
kazuki amano
イラスト こうじま奈月
natsuki koujima
貴方の願いを何でも叶えてあげましょう。
その代わり——…
花嫁に逃げられ
新婚旅行で乗るハズの
豪華客船に一人で乗り込んだ
医者の一紗。 待っていたのは、
船のオーナーのアルベルトに
口説かれる毎日で…?
船上ラブロマンスはいかが?
ルビー文庫

偽装恋愛のススメ
緋夏れんか
イラスト◆沖麻実也
Renka Hinatsu
優勝したら、おれのものになるって言っただろ?
強気なトップレーサー×元気な大学生のノンストップ・ラブ!
偶然出会ったワイルドな男・洲世に「期間限定の恋人」を頼まれた流。
けれど洲世は超トップレーサーで…!?
ルビー文庫